池袋ウエストゲートパーク4

電子之星

ISHIDA IRA
石田衣良
劉名揚——譯

〔導讀〕石田衣良的世界

新井一二三

一九九七年，石田衣良以《池袋西口公園》登上日本文壇，並獲得了該年的「ＡＬＬ讀物推理小說新人獎」。至今七年（二〇〇五），作者以及作品的發展都相當可觀。石田不停地發表多部短篇、長篇作品，二〇〇三年以《4 TEEN》一書贏得了第一二九屆直木獎，乃日本最有權威的大眾小說獎；有目共睹，他是當前在日本最活躍的作家之一。至於作品，《池袋西口公園》不僅化身為漫畫、電視劇、暢銷ＤＶＤ，而且發展成系列小說，已經有四本書問世，第五部也在雜誌上發表過了。

石田衣良於一九六〇年三月二十八日在東京江戶川區出生，從小喜歡看書，學生時代每年看一千本書，也就是每天平均二點七本；從成蹊大學經濟學系畢業以後，任職於廣告公司，跟著成為獨立文案家；《池袋西口公園》是他發表的第一部小說。

有一次訪問中，石田說，三十七歲那年忽然開始寫小說，是受了女性雜誌《CREA》刊登的星座算命的影響。一決定要做小說家，他採取的步伐非常具體、現實：調查好各文學新人獎的投稿規定和截稿日期，並且開始埋頭寫作。

雖然最初以推理作品獲得了獎賞，但是從一開始，他就寫各類不同性質的小說；除了「ＡＬＬ讀物推理小說新人獎」以外，「日本恐怖文學大獎」和以純文學作品為對象的「朝日文學新人獎」等，石田全去投稿，而在每個地方都引起了審查人的注意。

直木獎作品《4 TEEN》是關於四個初中生的故事；他寫的戀愛小說很受女性讀者的歡迎；以金融界為背景的小說拍成了電視劇。石田衣良的作品世界真是五花八門。

日本小說家，《文藝春秋》創辦人菊池寬曾經說：純文學和大眾文學的區別在於，前者是作家為自己寫的，後者則是為別人寫的。從這角度來看，石田衣良可以說是天生的大眾文學作家。什麼形式的小說，他都會寫，同時能夠保持自己一貫的風格。

《池袋西口公園》本來是一部短篇小說，乃池袋西口水果店的兒子，十九歲的真島誠與當地夥伴們做業餘偵探的故事。

日文原名《池袋（IKEBUKURO）WEST GATE PARK》起得非常巧妙，特有喚起力。在東京人的印象中，池袋一貫是很土氣的三流繁華區；沒有銀座的高貴、六本木的洋氣、澀谷的時髦、新宿的次文化；連地標六十層高的陽光城大樓也蓋在巢鴨監獄舊址上，也就是第二次世界大戰後，日本戰犯被關押處刑的場所，自然不會有歡樂的聯想。但是，一改用英語把西口公園說成「WEST GATE PARK」，簡直忽而出現了全新的年輕人活動區一般，特會刺激讀者的好奇心。

那形象，實際上是作者的創造。他在訪問中說：其實對池袋並不熟悉，只是曾在上下班路上經過的地點而已；作品中，對西口一帶風化店的描寫很詳細，但也並沒有實地採訪過。如果是真的，他想像力之豐富真令人為之咋舌。不過，他也承認，去哪兒都隨身帶有照相機，看到什麼都記錄下來。

一九九〇年代以後，日本經濟長期不景氣，很多青年看不到希望，過著無為的日子。真島誠和他的夥伴們，就是這麼一種年輕人。他母親開的那種水果店，也是東京人都很熟悉的，主要生意是騙醉鬼的錢。高中畢業就不上學、不上班的真島誠，從主流社會來看是個小流氓，理應缺乏正統、健全的倫理觀念。然而，一面對夥伴們或社區的危機，他卻表現得非常精明、勇敢，甚至像個英雄——雖然是三流繁華區的。

《池袋西口公園》最大的魅力，是作者以寬容、溫暖的文筆描寫著這批年輕人。作品中，幾乎沒有一個人是健康、幸福的。家庭暴力、校內暴力、神經失調、援交、亂倫、嗜毒、賣淫、非法外勞、不孕症……大家都有過不可告人的悲慘經歷、精神創傷。他們之間的來往，當初只有兩種：要麼是同病相憐，或者是徹底對抗。但是，隨著小說系列化，真島誠他們幫助的對象也開始包括老年人、殘障人士、小孩子等等的社會弱者。故事一方面保持著青年黑暗小說的架構，另一方面獲得社會、人情小說的味道。石田衣良的手藝真不簡單。

他說：二十多歲時候，曾經有一段時間情緒低落，把自己關在房間裡長期沒出來；後來經過自我訓練，逐漸對社會適應了。我們從他作品看得出來，因為有過痛苦的經歷，他是特會理解別人之苦楚的。

一九八〇年代，日本社會進入後現代階段。純文學等傳統文藝形式對年輕一代人不再有大影響力了。反之，漫畫、卡通、電腦遊戲等成為年輕人共同的文化經驗。在文學領域，內容、情節類似於漫畫的「公仔（characte）小說」流行於年輕男女圈子；其特點是，讀者認同於登場人物，像網絡遊戲一般地投入於故事發展中。

雖然石田衣良是擁有多數大人讀者的傳統小說家，但是他的代表作《池袋西口公園》對年輕人的影響之大，倒彷彿「公仔小說」。他們以英文短稱「IWGP」言及作品；認同於真島誠、安藤崇、齊藤（猴子）富士男、森永和範、水野俊司等主要登場人物之一；從電視劇到漫畫到小說，跨媒體地享受作品。

《動物化的後現代》的作者，一九七一年出生的哲學家、評論家東浩紀指出：「公仔小說」擁有資料庫形式，像某些卡通片一般，登場人物可以無限增大，情節也可以永遠發達，但是始終在一個關閉的故事空間裡。作為大都會青春推理小說出發的「IWGP」系列，似乎在走這一條路。

例如，石田衣良的另一部小說《紅．黑》的別名是「池袋西口公園外傳」。在池袋發生的賭場利潤搶奪案小說，不是由真島誠講述的，而牽涉到他老同學，缺左手無名指頭的黑社會成員齊藤（猴子）富士男。作者說，因為他想多寫點猴子，一時離開《池袋西口公園》而另寫了《紅．黑》，但始終在「IWGP」世界裡。

石田衣良寫的小說，除了「IWGP」之外，《4 TEEN》也以月島為背景，用巧妙的文筆寫下了現代東京的都市景觀。這一點非常有趣。因為他說，曾看過的幾萬本書當中，對他印象最深刻的日本小說家是永井荷風和川端康成。眾所周知：荷風是酷愛東京的老一代文人，尤其對江戶遺風愛得要死。川端也有一段時間熱心地描寫過淺草——當年東京最繁華的鬧區。

總之，關於石田衣良作品，我們可以從好多不同的角度討論下去。不過，他畢竟剛出道不久，年紀也不很大（常帶韓國明星般的笑容出現於各媒體），今後會發表好多作品；目前下任何結論都太早了。無論如何，對這一代日本年輕人來說，「IWGP」無疑成為他們永遠不會忘記的青春插話了。看完了這本書，我相信你也一定會同意。

二〇〇四年八月十日
於東京國立

〔導讀〕作家貴公子

曾志成

作家如果也有階層，石田衣良顯然屬於「作家貴公子」這一階層。貓般的男人，是我對石田衣良的第一印象，石田氏招牌瞇瞇眼以及溫文儒雅表情，不知迷死了多少日本讀者。連最近超人氣年輕實力派男優妻夫木聰都跳出來說自己是石田粉絲，可見石田衣良小說風靡已成為文學界年度流行話題。

三十七歲那年，石田衣良意外獲得《ALL讀物推理小說新人賞》副賞（ALL讀物：文藝春秋出版社發行的文藝誌。ALL讀物推理小說新人賞：該雜誌推理小說部門的公募新人賞），應募代表作《池袋西口公園》（池袋ウエストゲートパーク）一舉成名，該作品被改編成電視劇後，石田衣良開始走紅日本文壇。該賞獎金五十萬日圓，全葬在一次搬家費用。

石田衣良生於東京下町江戶川區，身體流淌著不安定血液，離家獨居以來，曾在橫濱、二子玉川、月島、町屋、神樂坂、目白等地多處遷徙，樂此不疲。石田衣良的作品中充滿了東京某町的特殊情懷，即使不是出生之地，在他居住一段期間後，町所屬的氣味自然融入，成為作家的血肉。石田衣良帶著NIKON F80相機恣意捕捉各町樣貌，池袋與秋葉原便在隨機狀態下被收入文字之中，發展成看似獨立、實則相連的「池袋西口公園系列」。

以真實街景為小說舞台，描繪青少年主人公變異的成長；青春期的苦澀空洞，一直是石田衣良關注的焦點。二〇〇一年出版的《娼年》，石田衣良便透露：「要是誰說自己二十歲時活得非常快樂，這種人的話絕不可信！」

活在青春陰影之中，石田衣良從成蹊大學經濟學部畢業後，患有輕微對人恐懼症，放棄投靠朝九晚五上班族行列。二十五歲以前的石田衣良玩過股票，幹過地下鐵工事、倉庫工人、保全人員、家庭教師，全憑自我意志；三十歲後正式進入廣告界就職，結束青春放浪生活，成為一名靠寫字維生的廣告文案。

寫字工作輕而易舉，獨立門戶後石田衣良搖身一變成為廣告文案蘇活族，每天只需在家工作兩、三小時，生活便可無憂無慮。但年輕時肉體勞動的烙印沒有因此消失，中年的石田衣良突發奇想動筆寫小說，單純只為緬懷自己的憂患青春期。

以作家風格來論，石田衣良不擅長灑狗血。過了血氣方剛之年，得到優渥生活保障後才動筆寫小說的石田衣良，沒有憤世嫉俗，下筆冷靜，保持中立眼光觀看生活周遭。面對單刀直入的戀愛題材，石田衣良以過盡千帆的哀愁詮釋「大人（おとな）戀愛」（成熟、穩重的戀愛）。

與石田衣良初次相遇，短篇小說集《Slow Goodbye》（スローグッドバイ）正好擺在池袋東口淳久堂書店一樓的醒目位置，這本被譽為「珠玉短篇」的小說吸引了我。那時我的日本語還停留在「讀不太懂小說」的階段，沿著石田衣良的文字軌跡，逐字讀完其中某篇，文字意象鮮明地鑲在腦海。看似平凡的愛情逐漸壯大起來，石田衣良的文字簡單冷調柔軟易讀，使人無防備地一頭栽進他所設計的二十代（二十歲以上未滿三十歲的年齡層）男女愛情物語陷阱。與《Slow Goodbye》一樣處理戀愛題材的新作《一磅的悲傷》（1ポンドの悲しみ），主人公設定轉移到三十代都會男女，石田衣良以這兩本作品劃出日本都會二十代與三十代男女的愛情代溝。

乾淨冷調，是許多人讀完石田衣良小說後的讚歎。即使像《娼年》處理男妓題材，文字一點也不猥褻，反而異常透明美麗，這跟石田衣良文字被喻為POP文體脫不了關係。POP文體以輕口吻描述重口味，但此文體輕得有趣的文字卻有著壓倒性力量，現代日本文學在眼前這一代慢慢起了變化，石田衣良的寫作風格符合了當今文學潮流。

從東口淳久堂書店出發，穿過一個長形地下道就可抵達西口，池袋的精采在東口西口北口交織的三角地帶匯集。其中所屬的中心地帶要算是池袋西口公園了。這裡是石田衣良「池袋西口公園系列」磅礴小說的發展場所。

曾在池袋混過半年日本語言學校的我，對池袋環境再熟悉不過，常在語言學校早課過後，帶著一杯咖啡跟一塊麵包呆坐在池袋西口公園噴水池旁，觀看人來人往。東京的都市發展史上，池袋與澀谷並列為七〇年代東京「若者」（young people）之町，混雜程度與新宿不相上下，新宿與澀谷已被太多作品描寫過，從池袋發跡的青少年次文化，與其獨特的幫派械鬥系譜，在石田衣良筆下逐一展開的同時，池袋的特殊氣味有了象徵性意義。「池袋西口公園系列」不僅是石田衣良代表作，更是一窺池袋次文化的最佳窗口。

池袋西口公園的臥虎藏龍，表面上無法察覺，「池袋西口公園系列」彷彿把藏在池袋內裡的祕事掀了開來，身為讀者的我對池袋的移情從這一刻開始作用。曾到過的熱鬧商店街，穿越過情人旅館小巷，活生生觸及的池袋路人甲乙丙丁，隨著主人公真島誠的帶領，跌進了一個人情味四溢的未知推理世界。

活躍在這部青春小說裡的主人公雖然邊緣，卻散發著正義感與人性純粹光輝，石田衣良青春小說的迷人之處就在於此。流連於池袋街頭的邊緣族群：風俗孃（風塵女子），流浪漢，非法滯留的外國人、流氓組織、整天無所事事青少年，在這個活動場域交織出彼此共通的生命樣貌。「池袋西口公園系列」試圖以更新鮮的敘事方式，處理少女賣春、不登校（蹺課）、嗑藥、同儕虐待事件等等當今日本青少年問題，這些正是我所親眼目睹並理解到的東京盛場（都會鬧區）文化，非常重要的關鍵部分。

石田衣良並非少年得志，缺乏作家在成名前「十年寒窗苦寫無人問」的悲苦經歷，中年初試啼聲便贏得眾多喝采與文學賞肯定，石田衣良作品廣泛被日本讀者接受的程度遠遠超乎作者自身想像。

《娼年》、《池袋西口公園之三：骨音》先後被列為直木賞候補作品，《4 TEEN》終於如願摘下第一二九回直木賞，並已改編成電視劇上映。受到直木賞三度眷戀的石田衣良，作品文字仍然輕盈，口味卻要愈來愈多樣，避開冷僻純文學，朝大眾作家之路邁進。

目次

〔導讀〕石田衣良的世界／新井一二三　3
〔導讀〕作家貴公子／曾志成　7
一、東口拉麵長龍　13
二、獻給寶貝的華爾滋　67
三、黑色頭罩之夜　117
四、電子之星　173

池袋ウエストゲートパーク

東口拉麵長龍

你可知道在這景氣低迷得可以的日本，最棒的創業模式是什麼嗎？

那是一個令懷抱著希望與夢想的年輕人兩眼發光、接踵投入的行業。當然，它並不是ＩＴ泡沫瓦解後的電腦相關產業。幹這行完全不需要最先進的軟體和網路。不僅如此，它也不需要大學理工科的文憑，而且打字時不看鍵盤在這裡也完全派不上用場。

它需要的只有舌頭、品味與毅力（當然，任何行業要能幹得長久，多少也都需要一點運氣），而且只要少數幾個人，以及極少的創業資金就能創業。是一個能讓人一舉突破逆境、改善生活的時髦行業。

答案就是：開拉麵店。

聽來果真是個好主意，遺憾的是，第一個發現這條路的並不是我，而是我幫忙撰寫專欄的某時尚雜誌的攝影師。在拍攝某些街頭品牌的新產品時，他發現採用眉毛修得整整齊齊的男模特兒很不搭調。不僅是他們過於整潔而缺乏生活感，同時也拍不出青春應有的（真的嗎）執著與純真。因此這位攝影師被迫出門選角，在東京市內的大街小巷四處尋找適合上鏡的模特兒。

而這傢伙果真挖到了寶。那就是他在走得筋疲力竭時鑽過一扇門簾進入的池袋拉麵店。在擦得一塵不染的餐台後方，鮮美的豚骨精華在鋁鍋裡咕嘟咕嘟地溢入湯中，幾個神情緊繃的年輕男孩正在裡頭手腳俐落地忙碌著，個個頭上包著浸滿汗水的日式手巾。他們彼此以發自丹田的嗓音呼喚，檢視麵條是否煮好的眼神也異常嚴肅。這裡簡直就是個只要花上八百五十圓叫碗叉燒拉麵，就能不費工夫地選角的攝影師天國。

最後，他終於在這家店裡找來兩名店員，讓他倆穿上預定在今年冬天流行的狸貓帽黑大衣，往晨間的綠色大道一站，他倆就這麼上了兩星期後上市的雜誌封面。

雖然服裝只能妝點人的外表，但它其實也是一面反映時代的明鏡。它昭告了現在是一個比起在演藝圈輕鬆鬼混的模特兒，每天以粗糙的雙手剁碎幾百根蔥的拉麵店員要來得帥氣得多的時代。

池袋每家拉麵店門外隨時都排著長長的隊伍，就是最好的證據。據說闖出名號的店，月營業額甚至可達三千萬圓，簡直是天文數字，證明這果真是個幹得好就能獲得相對報酬的行業。試問在這個景氣已經低迷了十年的國家，還有哪個行業可以不靠金錢補助或談判就獲利如此豐厚？

因此身為這行的一員讓我如此驕傲，也就不足為奇了吧。

經歷了幾個颱風，瘋狂的夏天突然在十月底換上了秋衣。有天我接到了崇仔打來的電話。當時我正在店門口小心翼翼地排放著壘球般大小、一個要價千圓的珍貴新高梨。我輕輕地翻開手機，以免有任何大動作碰傷了這些商品。

「阿誠，今天也沒什麼生意嗎？」

雖然沒什麼好驕傲的，但這幾年裡我家的店隨時都是門可羅雀，簡直可說是池袋七大奇蹟之一。這是一家位於一條日漸凋零的商店街裡、不知靠什麼收入維持的水果行。或許是因為我的酬勞少得可憐吧，我已經很厭煩了。

「門外還有人在排隊呢！不知道為什麼，跟我買，水果甜度就能增加百分之十。瞧我這雙魔術之手有多神奇！」

這位街頭幫派的國王完全沒理會我開的玩笑。

「現在我人在七生，想盡快和你碰個面。」

七生是今年七月在激戰區的池袋東口開幕的拉麵店。說來難以相信，老闆兼夥計竟然是從G少年金盆洗手的雙子星大樓一號與二號。剛開幕那段日子，我也常以老朋友的身分登門捧場。

「噢——又有活兒要找我幹嗎？」

崇仔語帶不悅地回道：

「對，但要找你的不是我。是這對還沒倒塌的池袋雙子星大樓兄弟。」

噢，這可真稀奇呀，為了避開傍晚開始的拉麵店巔峰時間，我答應在下午三點上那家店一趟。到時候肚子想必也有點餓了，就向他們討一碗口味清淡的東京拉麵❶果果腹吧。對這個老是給人出難題的國王來說，這還真是個好建議。

從我家水果行所在的JR池袋車站西口前往東口，有數不清的路可供選擇。這天我選擇的是那條

❶東京ラーメン：就是台灣俗稱的醬油拉麵，是一種最簡單、典型的拉麵。其湯汁是用雞、豬骨跟蔬菜熬煮而成、油脂較少的清湯，麵則選用偏中細的麵條，主要配料則有叉燒肉、筍乾、蔥花、魚板、海苔和菠菜；因為是最早出現在市面上的一種拉麵（源自一八五九年橫濱開港後，中國移民在當地中華街賣的麵食），所以也常被稱為「中華麵」或「支那麵」。

穿過西口公園、鑽過ＪＲ陸橋時還能抬頭仰望大都會飯店的人煙稀少的路。

初秋的西口公園裡，遊民的將棋大賽與拉丁裔外國人的聚會正在和煦的陽光下進行著。周遭的緊張感幾乎等於零，教人無法置信這裡在夏天曾舉辦過一場超過一萬人的無照Rave❷。

在都市長大的我對秋高氣爽這句話毫無感覺，但是對秋天能促進食慾可是有切身體會。像現在肚子就叫個不停。腦子想起拉麵，會有一種特殊的副作用。只要一想起漂浮著豬油的湯和口感極佳的細麵，直到吃進嘴裡之前，它們都會在腦海裡揮之不去。想必沒有任何食物要比拉麵更讓人如此執著吧。

我身穿寬鬆的棉褲與長袖Border橫條紋衫，漫步在蔚藍的天空下。強烈的陽光把反光與陰影區分得異常清晰。即使宛如熱帶的夏天已經結束，東京的紫外線威力依然不減，看起來天際彷彿罩上了一層淺紫色的濾鏡。

從高架鐵路下的通道爬上階梯，就來到池袋東口。率先映入眼簾的是在地面翻騰的熱氣中晃動的隊伍。這就是老池袋無人不知的拉麵饕客排成的長龍。即使在這個非用餐時間，這些人還是在南池袋一丁目排成一個彎過十字路口的二十公尺長龍，個個準備進入以濃郁背脂湯頭的豚骨本丸麵聞名的「無敵家」用餐。

每個拉麵通都知道，池袋東口已經成了全日本拉麵業者競爭最激烈的地區。由於我曾在網路上的無數拉麵店家排行榜查過，對這點十分清楚。

「湯債湯還」的激戰天天都在這裡上演，在每個店家的調理區中堆起無數的豬、雞遺骨。無數饑腸轆轆的難民從各處湧入，在每家店門外排起了長龍。

全國同胞們，池袋拉麵戰爭戰況之激烈，已達驚天地泣鬼神之境地是也。

若以南池袋的十字路口為中心畫一個半徑一百公尺的圓，這區域內在今年夏天之前已有四家拉麵名店。其中最老牌的是僅有六年歷史的「光麵」，其他的則是位於Libro書店❸大門對面的「蠻辣拉麵」、從十字路口往陸橋轉個彎十公尺外的「麵家玄武」，以及位於轉角處的「無敵家」。每家店都有自己的特色，但以豚骨或衍生型的豚骨醬油的濃郁口味為號召，則是它們的共通點。這種口味已經是日趨繁盛的拉麵業界的主流了。

光是這四家的戰況就已經夠激烈了，但今年夏天又有三家店加入了這場東口的劇烈競爭，讓戰況日趨白熱化。位於東側大道尾端的，是以魚貝類的和風湯頭熱鬧登場的「二天」；明治通上的家具店Illums對面開了一家Noodles；最後還有我們這對雙子星兄弟放下屠刀金盆洗手後開始經營的「七生」。

這場戰爭明顯帶有新舊對立的味道。四家前輩級的店家以濃郁的豚骨湯頭聞名，新開的三家則是以清淡的湯頭和細麵為賣點。其中的Noodles與七生兩家，賣的則是預測會成為下一波主流的醬油雞肉湯頭東京拉麵，也就是小時候常花個兩、三百圓果腹，清澈的湯頭上漂浮著魚板與筍乾，教人十分懷念的

❷見《骨音：池袋西口公園III》之〈西口仲夏狂亂〉。
❸リブロ池袋本店：該店因西武百貨不願續租店面，於二〇一五年七月二十日閉店，其母企業日販出版打算在池袋另開新店。Libro創立於日本經濟高速起飛的七〇年代末，然而池袋本店店長今泉正光打造出所謂的「今泉棚」，整個八〇年代辦起一回又一回的人文主題書展，長時間下來讓Libro成為學生、文化界人士固定造訪的首選書店，為當時少見的文化風景。

支那麵。

由於這場激戰才開打沒多久，至今仍分不出勝負。至少直到一個月前，每家店門外隨時都排起數十人的長龍，甚至需要年輕店員指點來客該往哪裡排。即使是規模最小的七生門外，也排起了雖不算長、但頗為可觀的隊伍。

雙子星大樓一號與二號這回是要給我什麼差事呢？雖然該不至於找我去洗碗，但我在一家拉麵店裡哪幫得上什麼忙？

秋天的池袋一片和平。我手插褲袋，吹著口哨走過刺眼陽光照耀下的十字路口。我吹的是沒什麼人聽的現代音樂鋼琴大師約翰・凱吉❹的作品。我最愛做的事，就是拿沒人知道的東西塞滿自己的腦袋和口袋，在街頭緩緩信步而行。

在東大道走了一會兒，七生的橘色招牌便映入眼簾。但奇怪的是，店門口卻看不到平常至少排個五、六人的隊伍。我大感不可思議，便走進旁邊一條單行道，納悶這場拉麵戰爭是否已經落幕了。但單行道那頭的二天門外卻還排著十幾個人的長龍。

我走回大道，鑽進七生的門簾。這家店裡只有沿著餐台一字排開的十二個座位。四面牆壁都是兩位老闆自己漆上的橘色，和色彩明亮的楓木腰板搭配得頗為協調。坐在最中間的長腳凳上的崇仔一看到我，便朝我比了個G少年的手勢說道：

「坐吧。你也注意到了吧？」

只要看過僅僅一個月前的盛況，論誰都看得出來吧。

「對呀，隊伍不見了。」

我朝兩位站在餐台內調理區的雙子星大樓點頭打了個招呼。兩人的個子都高得教人懷疑是不是踩在墊腳台上。直到他們開了這家店，我才知道他倆名叫小倉保和小倉實。哥哥阿保身高一九六，弟弟阿實則要比哥哥還高一公分。但高到這種程度，這一公分也可能出自丈量的誤差也說不定。我朝他倆問道：

「你們該不會開始偷工減料了吧？」

兩手抱胸的阿保眼神凶狠地從兩層樓般的高度瞪了我一眼。

「沒有。每天都用整隻東京軍雞❺燉煮七小時熬湯頭。」

他面無表情地搔了搔制服下的胸脯。他身穿的深藍色T恤胸口上印著BORN IN JULY。這對電線杆般的雙胞胎兄弟生於七月，這就是店名的由來。崇仔瞄了我一眼，打開了放在餐台上的筆記型電腦。

「看看吧，就是這傢伙幹的好事。」

出現在液晶螢幕上的是某個拉麵網站的留言板。在看似永無止境的橫寫文字裡，夾雜著惡意中傷的評語：

---

❹ John Cage：二十世紀美國先鋒派的古典音樂家，師承荀白克。他是偶然音樂、延伸技巧（各式樂器的非標準使用）、電子音樂的先驅，在現代音樂各家流派中自成一格。

❺ 東京しゃも：日本特產的雞種之一，特徵為頸長、尾短，肉味香甜。

池袋東口七生的湯頭裡摻的化學調味料，多到讓人舌頭發麻。

七生熬雞肉湯頭，用的是死於禽流感的病死雞。

據說最近每到晚上，就會有池袋的富裕人家養的狗失蹤。

七生那硬梆梆的肉塊，該不會是聖伯納犬肉吧？

據說七生的老闆是曾有前科的街頭混混。

看來那裡可是池袋的第一家黑店呢！

七生該關門大吉啦！

我把視線從螢幕上移開。句句都是充滿惡意的中傷，留言者的暱稱是「拉麵博士」，還真是混帳到了極點。阿保說道：

「我們曾拜託過網站管理者刪除這些訊息，但這傢伙卻一直更換暱稱，執拗地繼續留言。我們拿他一點辦法也沒有。」

我一不留神說溜了嘴：

「不過，你們這家店真的沒用味精什麼的吧？」

哥哥阿保不屑地瞟了我一眼回道：

「我們賣的可是老式的東京拉麵，當然需要味精呀。阿實，調碗湯讓他試試。」

弟弟在碗裡摻了點高湯，接著舀進了滿滿一碗熱氣騰騰的湯頭。

「你試試。」

我啜飲了一口上頭漂浮著水點般的透明油脂的湯頭。味道還好。

「怎樣？」

阿保看著我的表情問道。

「噢，味道挺好的呀！」

「是嗎？那再試試這個吧。」

他把碗從我面前收走，放到了餐台上頭。接著從鋁桶中捏起些許調味料的白色結晶，謹慎地以指尖撒下幾顆，又用湯匙拌了拌。拌完後，他便把碗放回我面前，自信滿滿地說道：

「先喝杯水清清口再試試看。」

我灌下半杯冷水，旋即開始品嘗起這碗湯頭。這次的可就真的鮮美極了，完全是七生的東京拉麵那恬淡清香的味道。阿保說道：

「瞧瞧你們這些門外漢多沒品味，成天就只會嚷嚷不要化學調味料，刻板地以為人工的都是壞的，天然的就是好的。但是在熬得夠扎實的湯頭裡，摻入一點點化學調味料有助於提味，能讓湯頭口味變得截然不同。這在咱們家的拉麵裡是不可或缺的。」

果然每一行都有門道。這香醇的口味散發著一股強烈的吸引力，彷彿帶我回到了那個我被譽為街坊頭號可愛小鬼的小學時代。聽起來有點像普魯斯特❻的《追憶似水年華》，瑪德貝蕾❼呀，帶我重返教人懷念的巴黎歲月吧。

「我懂啦。客人全都是門外漢，與其相信自己的舌頭，他們還寧願相信網路或雜誌上的評鑑，因此才把你們這家店搞成這麼慘。對吧？」

阿實從餐台下取出一只半透明的垃圾袋，打開來讓我瞧瞧。裡頭淨是沾滿凝固血液的雞骨頭和蔬菜渣。阿實正眼看著我說道：

「這是今早開店前被人撒在店門口的東西。有個常客告訴我們，散播這些謠言的傢伙常在這附近徘徊。據說在客人排隊時，常有人故意在一旁說風涼話。這下你應該知道我們要你幫什麼忙了吧？」

我點點頭回道：

「找出惡意散播流言阻撓你們做生意的傢伙，狠狠給他一頓教訓。不過在這之前，可否先幫我下碗麵呀。一來不想浪費掉這碗湯頭，二來我肚子已經餓壞啦。」

崇仔不耐煩地問道：

「喂，這案子你到底接不接？」

當然願意接呀。可是絕世珍饈就在眼前，不先來碗拉麵腦袋哪動得了？

「詳情就等會兒再聊啦，趕快先給我下碗麵吧！」

有件事總是教我好奇：普通人並不排斥吃拉麵或便利商店的御飯糰，但硬漢偵探為何老在吃厚得嚇人的牛排？照這麼吃下去，體重不是馬上就會超過標準嗎？那他不成了一個被過多的內臟脂肪壓得喘不過氣的偵探？一方面因為缺錢，我大抵兩個月才吃得起一次牛排，這也讓我得以保持苗條身材，但想想苗條似乎也沒給我帶來什麼好處。

⚜

我邊吃著拉麵，邊聆聽雙子星兄弟敘述整件事的過程。這中傷大約是從三個禮拜前開始的。當時距離開幕已有三個月，七生的支那麵剛開始出名，店門外也才開始排起隊。我把整碗湯喝得一滴不剩。

「果真還是口味清淡的東京拉麵好吃。換成是豚骨口味的湯頭，我可沒辦法整碗喝完呢。話說回來，要找到這次的目標是輕而易舉。把雞骨和菜渣扔到你們這兒，代表對方一定是同行，而且一定也不可能是豚骨口味的店家，因為他們是不會用雞肉的。」

阿保那張彷彿位在兩層樓高的臉孔頓時憂鬱了起來。難道是我繼化學調味料的批評之後又說錯了什麼話？

「阿誠，幽靈休旅車和蛇吻毒販真的是栽在你手裡的嗎？給我聽好，豚骨拉麵的湯頭可是也要用到雞肉的。而我們這家店煮湯頭時當然也得用到豬骨和背脂，只是份量比例和高湯的萃取方式不同罷了。」

❻ Marcel Proust，法國意識流小說家。
❼ Madeleine，貝殼狀的法國小蛋糕。

我這才恍然大悟。雖然愛吃，但拉麵這東西我哪搞得懂，也只曉得憑直覺判斷好壞罷了。

這時調理區裡傳來陣陣流水聲和帶節奏感的切菜聲。我問道：

「咦，這家店裡不是只有你們？」

只見這對雙子星兄弟似乎開始有點不好意思，坐在我身邊的崇仔則是笑了起來。阿保朝調理區裡喊道：

「安曇，出來打個招呼吧！」

從調理區裡走出來的是一個以圍兜擦拭著雙手、看來活像隻松鼠的小個子女孩。年紀大約是二十歲上下。雖然和雙子星兄弟一樣穿著深藍色T恤配米黃色棉褲的制服，但這身打扮穿在她身上要可愛得多了。

「他就是我上次提過的阿誠。我們要拜託他找出陷害你們的壞蛋。明天開始他每天都會上這兒來，碰到面時記得打聲招呼。」

安曇尖尖的下巴幾乎要貼上胸口似的低著頭，模樣活像隻一摸就要跳著逃開的小動物。接著她誇張地垂下一頭短髮的腦袋鞠了個躬。

「我是矢島安曇，請多多指教。」

這個躬誇張到甚至教人能看到她後頸部的關節。我這才發現她的胳臂細得像隻竹刀，就連雞翅膀上的肉都要比她這雙胳臂多。我向她問道：

「他倆真的有支付妳薪水和伙食嗎？倒是妳膽子也真大呀，竟然敢在這兩個傢伙這裡打工。要是他倆滑了個跤，不把妳壓得像張餃子皮才怪。」

崇仔獨自在沒半個客人的店裡笑了起來。雙子星兄弟則是明顯面帶不悅，看起來還真是凶惡得嚇人。想必在他們還隨G少年混的那段日子裡，敵對的街頭混混只要看到這兩張臉，鐵定就渾身打顫了吧。安曇露出白皙喉頭，抬起頭來看著這對雙胞胎兄弟，然後笑著對我說：

「不會啦，阿保和阿實兩位都很親切呢。我以前打任何工都做不久，但在這家店應該能持之以恆地做下去才對。」

這時我目睹了一幕教人難以置信的光景：這對身高加起來有四公尺（其實還差一點點啦）的雙胞胎兄弟那兩對宛如巨人隊的松井般厚厚的臉頰，這下竟然變得像剛才看到的調味料一樣通紅。我驚訝地看向崇仔，這位池袋的帥哥國王便在我耳邊悄聲說道：

「曾聽說雙胞胎也會喜歡上同一類型的女人，這下看來好像是真的呢！」

原來經營拉麵店也這麼有趣呀。看來和安曇一道切切白菜、魚板，或許也不是什麼壞差事呢。

⚜

我把磁碟從崇仔的筆記型電腦裡退出，塞進口袋裡。貼有中傷留言的拉麵網址與刪除前的惡意留言，都儲存在這張磁碟裡當證據。

接著我便直接趕往東池袋的Denny's，好去拜訪已經算是認識的情報販子Zero One。這傢伙終日坐在可以眺望太陽城的窗邊貴賓席，等待著訪客與數位之神傳給他的訊息。技術雖然高超，卻是個不折不扣的怪人。雖然並非我所期望，但也不知道為什麼，我周遭淨是這種怪傢伙。想必是我自己太普通的緣故吧。

一看到我在包廂裡坐下，這傢伙就費力地說道：

「想不到你會在這種時間來。」

他在自己細細鼻頭的右側鼻翼打了個和小鋼珠差不多大小的鼻環，周遭是又紅又腫。看來他是覺得在自己那顆光禿禿的腦袋上入珠還不夠看吧！我把磁碟片放到了桌上。Zero One先用手摸了摸鼻翼，將磁碟插進了其中一台筆記型電腦裡，接著以瓦斯外洩般的嗓音說道：

「應該是金屬過敏吧。皮膚沒辦法適應這次打的鼻環。」

據說撒謊和身體改造是會上癮的。Zero One迅速地移動滑鼠檢視起磁碟，兩眼緊盯著螢幕。我向他說明七生碰到了什麼麻煩，但還來不及說完，Zero One就不耐煩地打斷了我的話說道：

「我懂啦。你是要我一發現這傢伙在哪個網站上放火，就馬上通知你，而且還要告訴你這傢伙上網的電腦在哪裡。對吧？」

「沒錯。你腦袋轉得還真快呢！」

果然了得。真不愧是北東京頭號駭客。

Zero One面帶不悅地回道：

「鼻頭化膿，腦袋哪可能轉得動？全日本有一大半人上網，找上我的淨是這種垃圾差事。幹這種勾當的大都是沒什麼毅力的愉快犯❽啦。你瞧瞧！」

說著Zero One在畫面上打開了另一個軟體。他以玻璃彈珠般的眼珠筆直地凝視著我，邊敲著鍵盤邊問：

「關鍵字只要打池袋東口、拉麵、七生就行了吧？」

我只得老實告訴他這問題把我問得一頭霧水。大概是怕笑了會弄痛鼻子，只見他古怪地扭曲著一張臉說道：

「這是我自己設計的自動追蹤軟體，會像隻蜘蛛似的在網路上四處抓取包含這幾個關鍵字的網站，並傳回發出這些留言的電腦ＩＰ位址。」

對我來說，電腦只等於是能收發email的文字處理機，完全無法想像軟體竟然也能像生物般活動。

「關鍵字沒有限制吧？」

Zero One一臉無奈地點點頭。我便說道：

「那麼，再加上化學調味料、G少年、禽流感好了。」

這傢伙啜飲了一口一天不知道要喝幾十杯的Denny's咖啡回道：

「別胡鬧了。只有門外漢才會認為關鍵字愈多就愈能掌握到什麼重要資訊，其實這只會讓你抓到數目多到讓人懶得一一檢視的網頁。」

原來這和寫文章的訣竅一樣啊。要是不懂得如何用最少的字彙說出重點，腦子裡有再豐富的詞藻也是無用武之地。我對這個鼻頭紅腫的數位聖賢說道：

「好啦，這種事就交給你處理吧！」

Zero One一臉無精打采地問道：

---

❽ 指隱性心理疾病患者，此種人為追求犯罪引起的社會騷動所產生的感官刺激而犯罪，往往沒有具體的動機，但是卻毫無人性，濫殺無辜。

「阿誠，你打算怎麼做？」

「明天開始進店裡洗洗碗、切切蔥啊。」

這時 Zero One 突然探出了身子。

「雙子星兄弟賣的是東京拉麵對吧？」

「對呀。怎麼了？」

Zero One 環視著亮得刺眼的連鎖餐廳，嘆了一口氣說：

「這兩年來，我天天吃的都是這家店菜單上的東西。如果七生有送外賣，我倒是想嘗嘗。」

看來這個駭客的腦袋也感染了威力強大的拉麵病毒了。我邊起身邊說道：

「很遺憾，七生並沒有送外賣。不過，要是你幫我把這件事辦妥，我就破例為你送。該送哪兒？」

Zero One 訝異地回道：

「送哪兒？當然是送到這張桌子上呀！」

送拉麵到連鎖餐廳！我這個時髦副都心最迷人的街頭偵探竟然也得幹這種差事？

當晚我在自己的四疊半房間裡花了三小時瀏覽拉麵相關網站。雖然也不是多到誇張，但還真的是看不完。這下終於知道在這網路時代，消費者全部都成了評論家。不僅吃拉麵，大家更享受批評拉麵。上頭充斥著八卦閒聊、新發現、專門知識，以及數不清的拉麵排行榜。

這就是所謂成熟的都市文化吧。大家在與生活無直接關連的事物上挹注龐大勞力，累積起為數驚人的資訊。瀏覽了一陣子，我開始覺得這些多如繁星的拉麵網站簡直就是一座巴別塔，在豬骨、鹿肉、特級麵粉、二十六號麵線這些看似來自異邦的字彙堆砌下愈堆愈高。

到了深夜，我也開始感到厭煩，便開啟Mac的螢幕保護程式去睡覺。當晚我甚至做了一個魚板四處轉著圈子、油膩得教人喘不過氣的拉麵夢。

翌日我便成了七生的第四名員工。拜託老媽幫忙照顧家裡的水果行後，我便前往位於東大道的拉麵店。我這種料理白癡能做的淨是些抹餐台、帶位子、收碗盤的打雜差事。不過由於我已經很習慣做生意，很快就適應了店裡的氣氛。

關於左右他們拉麵口味的任何重點，雙子星兄弟一概禁止我接觸。下麵和熬湯頭是拉麵師傅不容外人侵犯的聖地，就連對在此打工的安曇，他倆在這方面也存有戒心。雖然實在是太瘦小了點，但個性開朗、不擺架子的安曇，已經是常客眼中的大紅人了。

快到傍晚的尖峰時間，我和安曇邊補充餐台上的免洗筷與胡椒粉邊聊了起來。當時那對雙胞胎兄弟正在調理區裡準備翌日的湯頭。

「安曇呀，妳為什麼來這家店打工？」

長相如此可愛，就算不到這家小小的拉麵店，她也有池袋無數家做年輕女孩生意的雜貨鋪或精品店可挑。正使勁把免洗筷塞進筒裡的安曇回答：

「我很喜歡看人吃到好吃的東西時的神情。一聽到客人誇我們店裡的麵好吃，就會覺得好像自己被稱讚般開心呢！」

真是個怪女生。怪的不是她這番話，而是說這番話時那活像NHK晨間劇裡、彷彿眺望著遠方的女主角般的眼神，還真是真摯到了極點。想必雙子星兄弟的心，就是被她這眼神給擄獲的吧。

「可是對這種工作來說，妳個子不會太瘦小了嗎？」

從大桶子裡把醬油倒進醬油瓶中的安曇笑著回答：

「對呀。我不管吃多少東西都胖不起來呢。大概天生就是這種體質吧。」

要是讓哪個減肥狂聽到這回答，肯定會把她給殺了。安曇擦擦手，直挺挺地站向餐台旁，神情堅毅地以一雙澄澈無比的眼睛望著我說：

「我真的很喜歡這家店。因此我也想拜託你，求求你務必阻止那個散播流言的元兇繼續鬧事，讓七生恢復原本的盛況。」

接著她深深地鞠了一個躬。活了二十幾年，這還是我這輩子第一次被年輕女孩如此低頭懇求，教我頓時不知所措了起來。

「好啦、好啦，我會盡力而為的！」

雙子星兄弟雖然長得嚇人，但為人的確不賴。七生的拉麵也真的夠好吃。但在我眼裡，都比不上安曇這番懇求來得深刻。

真想知道她為何如此珍惜這家店。

「阿誠、安曇，先去吃東西吧！」

只聽到調理區裡的阿保喊道。「好——」我朝老闆喊道，接著便開始盛飯。也不知道安曇上哪兒去了，大概去上廁所了吧。現在是打這份工最快樂的時光了。

時下的拉麵店對麵裡的菜色都十分講究。為了配合店名，七生也有七種菜色：煮得糊糊的豬肉塊、饒富提味功效的辣筍、蒜頭炒白菜、芝麻油口味的燙小白菜，以及東京拉麵必備的特製魚板與淺草紫菜。光是這樣就已經夠豪華了，但他們還免費提供蔥花及咖哩粉，供偏好重口味的客人自由取用。

菜色中最有人氣的是煮肉塊，第二位竟然是炒白菜。半熟白菜的甜味和七生的醬油湯頭十分對味，但這也害得我和安曇手頭一有空就得拚命切白菜。

我把七種菜色全部拌在白飯上，並舀了一碗拉麵的湯頭。接著便嘴裡銜著免洗筷，兩手分別捧著白飯和湯頭，走出後門來到東大道上，一屁股坐上後門外的老舊鐵管椅，悠閒地眺望著黃昏時分的街景。在這種情境下，扒進嘴裡的食物總是不可言喻的美味。不知道這附近為數眾多的補習班學生，看到在街角一臉幸福吃著飯的我，心裡會怎麼想？他們會把我看成日趨激烈的社會競爭的敗北者，還是年紀輕輕就找到願意幹上一輩子差事的罕見幸運兒？只是，不管大家怎麼看，這食物對我來說都是上等的人間佳肴。發現這渺小卻實在的幸福後，我覺得自己似乎開始理解拉麵相關的網站為什麼會多如天上繁星了。

用餐完畢後，我正準備走回店裡，卻發現在隔壁的便利商店與七生之間的昏暗小巷中有個人影在閃動。那巷弄窄到只容得下一個人側身才能通過。我手捧飯碗躲進陰暗處，屏住氣息朝暗巷中窺視。

只見那傢伙蜷著身子，兩眼不住地環視著四周，並從手中的糖果袋裡掏出東西塞進嘴裡，下顎咀嚼得有如松鼠般迅速。原來是安曇。她竟然像在畏懼什麼似的，把自己買來的甜點藏在這種陰暗處。

她自稱非常喜歡七生這家店，卻竟然放著令人垂涎的伙食不吃。看來便利商店的糖果就是她的主食吧？除了妨礙生意的壞蛋之外，我也得暗中把安曇調查一番。

雖然調查女人並不是什麼容易上手的差事，但畢竟也是這差事的一部分。

快到傍晚六點開始的尖峰時段前，我換下了七生的制服，穿著自己的衣服走出店門，一家一家觀察這場拉麵戰爭中競爭對手的狀況。光麵、無敵家、蠻辣、玄武、二天以及Noodles。只見每家店門外都排起了十公尺以上的隊伍。

七生門外也一樣。雖然要比以前短了許多，但在尖峰時段依然會稍稍排起四、五公尺的隊伍。結束偵查活動後，我回到東大道，裝成一個客人跟著排起隊來。

最近讓我在採訪時倍感如虎添翼的數位相機就塞在我牛仔褲口袋裡。雖然厚約一公分的它只有兩百萬畫素，但反應十分靈敏。如果像用傻瓜相機般把它掏出來，迅速地按下快門，反應速度只要一秒鐘，比我的反射神經還快。若是接上麥克風，又能當錄音筆用，還真是個好東西。為撰寫專欄做採訪時，有它就萬事俱備了。雖然搖筆桿的日子沒比以前好過，工具倒是不斷在進步。

「請大家盡量靠路邊排，以免妨礙路人通行！」

在這個深秋時節還只穿一件T恤的安曇走出店門，朝排隊的客人深深一鞠躬。和我目光接觸時，也佯裝不認識我。排在我前頭的客人問道：

「還要排多久？」

安曇探頭進門簾裡瞧了瞧，接著便露出一個怎麼看都不像是為了做生意的笑容回道：

「抱歉，還得麻煩您再等個十五分鐘左右。」

只見那客人聽了不好意思地別過頭去。隊伍裡的每個客人都很有耐性，最後那傢伙足足等了二十五分鐘才進店裡。排到隊伍最前頭時，我便在七生橘色的門簾前佯裝要打手機脫離了行列。

我到附近的書店翻翻雜誌打發時間，等隊伍完全換了一批客人後才回到七生。當晚我排了三次隊，既沒發現半個人在店門外亂撒血肉模糊的剩菜殘渣，也沒發現任何人拿著麥克風在外頭吶喊七生的壞話，完全撲了個空。

不過畢竟才第一天，這並沒讓我意氣消沉。想到明天還吃得到那美味的食物，就覺得這差事已經是我接過的案子裡最好的了。

當晚深夜，我在自己房間裡打了通電話給雙子星兄弟。我把音樂的音量轉到極小，播放的就是白天過十字路口時口哨吹的鋼琴演奏曲——約翰．凱吉的《預置鋼琴的奏鳴曲與間奏曲》（*Sonatas and*

Interludes for Prepared Piano）。預置鋼琴是一種在琴弦間夾入螺絲或螺帽等異物的古怪樂器，音色有時像玩具鋼琴，有時則像風琴或古代的豎琴。雖然聽來簡樸清澈，但又陽春得讓人感到幾分壓抑。現在這音色倒是教我想起了安曇那異於常人的誠實。

只聽到阿保醉醺醺的嗓音從手機那頭傳來：

「原來是阿誠呀。有話到店裡再說吧。」

雖然只是在講電話，我還是壓低嗓音問道：

「安曇已經下班了吧？」

他不耐煩地說了聲對。我又問道：

「安曇是怎麼找到七生這份工作的？」

這下阿保似乎有點火大了：

「你該不是在懷疑她就是犯人吧？」

「懷疑是沒有，但她有些事教我有點納悶。」

看來阿保是真的很不耐煩了：

「喂，阿誠。想說什麼就給我說清楚！」

我想起了安曇在那僅容得下一個人通過的狹窄暗巷中，死命把糖果塞進嘴裡的模樣。她那畏懼的眼神和咀嚼得像隻松鼠般的下顎，尤其讓我難忘。

「抱歉，因為擔心你今後會對她不利，沒弄清楚的事還不能向身為雇主的你說。那麼，安曇是怎麼找到這份工作的？」

「真受夠你了。」

阿保嘆了一口氣說道。從他喉嚨鼓動的聲音聽來，似乎正在喝罐裝啤酒。

「她是看到貼在店門口的徵人廣告來應徵的。憑我們的預算，哪可能在情報誌上登廣告。」

「她的家人呢？」

「好像不在東京。根據她履歷表上填的，她一個人住在西巢鴨。每天都搭都電荒川線❾到我們店裡上班。」

「噢，沒和家人同住，一個人住在東京？」

我問了一個難以啟齒的問題：

「憑七生的薪水，獨居生活會過得很拮据吧？」

阿保又嘆了一口氣回道：

「應該是吧。我們為了開這家店而借的錢還有大半沒還清，哪給得起多少酬勞。」

「了解。」

正當我準備掛斷電話時，阿保又補上一句：

「那流言開始流竄以後，我們的營業額就少了三、四成。照這樣下去，即使能捱到過年，到了春天還是得關門大吉。阿誠，雖然你看起來一副吊兒郎當，還是希望你能想到什麼好點子，幫幫咱們七生一個忙。這可是我和阿實第一次實踐夢想的心血呀！」

---

❾由東京都交通局所經營、自一九七二年後僅存的市內路面電車。

講到這裡就太煽情了，我回了一聲好，就掛斷了手機。一如往常，我現在根本沒什麼好點子。畢竟我既沒有左右別人夢想的能力，辦起事來也總是只能靜待船到橋頭自然直。

但身為他們的老朋友，怎能不把金盆洗手後，拚了老命想在池袋撐下去的雙子星兄弟委託的事辦好？掛斷電話後，我覺得自己再度充滿了幹勁。但好點子可不是在深夜裡就會突然湧現的。現在的我只能躺在鋪在四疊半房間裡的被鋪上，聆聽著音色陽春的鋼琴聲。

接下來連續三天，我天天到七生去，先在店裡幫點小忙，一到客人開始排隊的時間，便出門到附近豎起耳朵觀察情況。雖然在這方面依然毫無斬獲，但切白菜的技術可是有了長足的進步。而且雙子星兄弟不僅付我和安曇同樣的薪水，伙食也隨我吃。

當我在中央凸起的砧板上切著白菜絲時，背後的阿保說道：

「阿誠，進步了不少嘛！」

這時我下刀的速度已經開始帶點節奏了，想必用耳朵就聽得出來。我手也沒停地回道：

「是託這把菜刀的福吧。它切起東西來還真順手！」

這是一把看來年代久遠、刃尖十分尖銳的中型牛刀。由於每天研磨，深藍色的刀身已經整整瘦了一半，白木的刀柄也似乎被磨成了適合人手把握的形狀。捧著收回來的碗打我背後走過的安曇也說：

「真的呢。這把菜刀簡直是削鐵如泥，用過它之後，別的刀子就全都用不慣了。」

這時手持笊籬、默默撈著鍋裡浮沫的阿實說道：

「這把刀是我們老爸的遺物。他生前是個西餐廚師。這刀子已經用了二十年，否則就我們的年紀，哪可能把一把刀子用到這麼舊。」

我沒停下切著白菜的手問道：

「他的店怎麼了？」

阿實也沒停下撈著浮沫的手回道：

「我們老爸廚藝高超，可惜就是沉迷賭博。人往往都會在自己不擅長的事情上愈陷愈深。後來那家店頂讓給別人了，我們兄弟倆什麼都沒學到，就只學到怎樣應付上門討債的傢伙。接下來的日子過得渾渾噩噩，最後就在不知不覺中開始跟著G少年們混了。」

雖然認識他們很久了，這故事我還是第一次聽到。這下我才知道這對雙胞胎對彼此以外的人為什麼會如此不信任。我把白菜的菜心扔進了裝菜渣的桶子裡。口味香甜的高湯就是在這桶子裡熬出來的。

「後來為什麼會突然開起這家拉麵店呢？」

阿保和阿實都沉默了下來。過了好一會兒，手依然沒停的阿保才在我背後回答道：

「成天和G少年打打鬧鬧是很好玩，但好玩的日子大多是虛度的。我倆總有一天也會上年紀，遲早得脫離街頭生活。」

一點也沒錯。每個G少年都會上年紀，有的甚至都已經娶妻生子了。任何人都無法在外遊蕩一輩子。夜晚遲早會降臨，總得有個自己能回的窩。這麼一說，還真納悶我的窩會在哪裡呢？雙子星的弟弟依舊蜷著高大得像塊門板的背舀著浮沫。

「當時我倆正好迷上四處品嘗拉麵，有天整理壁櫥時，突然找到了這把菜刀。當時我倆什麼也沒說，彼此就猜透對方心裡在想什麼了，當下就決定要開家餐廳。西餐學起來太麻煩，那就開拉麵店吧。決定一輩子要幹哪一行，有時不過就這麼簡單。」

我用雙子星兄弟的老爸遺留下來的菜刀又切起一顆白菜。那白菜切起來彷彿是水做的，手感順得宛如那淺綠色的菜葉是自己裂開似的。

「噢，這麼說來，開這家店前，你們沒去拜師學藝過？」

雙子星的哥哥一副理所當然的語氣回答：

「當初花了幾個月靠試做研究口味，但我倆既沒上哪兒拜師學藝，也沒模仿過其他任何同行的口味。既然要自己開店，靠模仿人家那套即使能賺幾個錢，也沒什麼意思吧？」

汗水直往鍋子滴的雙子星弟弟也點頭附和。七生這家店就是這麼開始的。雖然起初有人嘲諷街頭混混竟然也想創業，但他倆可真是了不起。原本以為這對兄弟只有身高引人側目，這下對他們可真的刮目相看了。

我抬起頭來，準備開些玩笑緩和凝重的氣氛，卻看到在水槽前洗碗的安曇肩膀不住地顫抖著。她哭了嗎？我驚訝地看著雙子星兄弟，難道我們說了什麼刺激到她的話？只見雙子星兄弟也一臉驚訝地看著安曇。

「對不起，我還真是個愛哭鬼呀。這裡果然是家好店。真希望阿保和阿實的爸爸也能看到他倆工作的模樣呢。」

我朝以手巾擦著眼淚的她說道：

「妳爸爸也過世了嗎？」

再度俐落開始洗起碗來的安曇回答：

「應該還活著，只是不知道人在哪裡。」

阿實這下終於停下了舀浮沫的手。

「可是，記得妳的履歷表上有填妳爸的名字呀。」

洗碗洗得泡沫四處飛濺的安曇回答：

「那是我戶籍上的爸爸，但他並不是我的親生父親。」

安曇挺直了背脊，拒絕再說下去。我們也自然而然轉移了話題。雙子星兄弟雖然有著和吊車差不多高的個子，想不到心思竟然如此細膩。而且現在碰上的還是讓他們如此愛慕的女孩，就更不用說了。

偵查行動的第四天，正逢邁入十一月，是東京市內出現今年第一株枯樹的星期六。我披上今年第一次穿起的皮夾克，開始排起不知排了多少次的隊伍。週末夜果然不同，雖然生意沒以前好，但七生門外往十字路口的方向還是排起了十公尺的可觀隊伍。正當我在北風中打顫時，突然有對挽著手高聲交談的情侶從我身旁走過。男的說道：

「這種店竟然也有人排隊。他們的高湯用的是泡麵的醬料和化學調味料耶！」

男人身穿深藍色西裝，前額的長髮幾乎遮住臉上那副類似演超人的男明星戴的那種四角黑框眼鏡。

女人看來不像是個ＯＬ，身上穿的是粉紅色的假貂皮大衣配上斑馬花紋的裙子，染著一頭宛如玉米般的黃髮，看來是個伴遊的酒店小姐。只聽到她高聲問道：

「這裡有這麼難吃嗎？」

我迅速從口袋裡掏出數位相機。我把這台小巧的相機整台藏在掌中，從手指之間的縫隙露出魚眼般大的鏡頭，拍下了這對男女。女人從和大衣同樣材質的背包中掏出手機看了看螢幕，男人則不屑地繼續說道：

「這家店是混混開的，誰知道湯頭裡會有什麼東西？搞不好還有哪個人的小指頭呢！」

「討厭啦，好噁心喔。」

女人朝男人的肩膀捶了一記。這對男女就這麼走向東大道的另一頭，我也脫離隊伍跟了上去，拍下幾張他們的背影。這對男女在雜司谷中學的圍牆前轉個彎走上綠色大道，我盡量與他們保持適度距離。男人在這條街上剛開幕的「和歌山拉麵店」門前停下腳步，端詳了客人出入狀況與張貼在門外的菜單一陣子。女人說道：

「可以了吧？目標就只有那家店呀。」

女人豎起衣領逕自走開，在記事本上抄下菜單的男人趕緊追了上去。我不屑地望著這個堪稱拉麵諜報員的男人。

這對男女在六十層樓高建築旁的太陽60通分手。站在馬路對面觀察，就猜想得出他們在說些什麼。女人面帶虛假的職業笑容說：

「下次也要到我們店裡來喲。」

可是男人似乎迫不及待想離開現場。他們就站在一棟酒店與按摩店林立的大樓前，人行道被霓虹燈照耀得亮如白晝。女人一走進電梯，男人馬上快步朝池袋車站的方向走去。猛烈的北風將車站上空的夜色吹拂得十分清澈。我蜷起裹在皮夾克裡的身子，在週末的人潮中尾隨著他的背影。

身穿西裝的男人在車站前的圓環左轉上明治通，朝南池袋的方向走去。這一帶最近接二連三開了幾家名牌服飾店，成了一處頗為時髦的鬧區。畢竟這裡是池袋，即使Beams在這裡開分店，賣的也應該是街頭休閒服飾才對。男人在行經Noodles前的長龍時刻意別過頭去，搭上了同一棟大樓側面的電梯。我確認電梯停在三樓後，便離開了現場。這是一棟剛落成的九層樓建築，一、二樓都是拉麵店的店面。看來這男人和Noodles應該有密切關係。

Bingo！真相總是這麼簡單。不出所料，這是一場東京拉麵對東京拉麵的惡鬥。我在數位相機的液晶螢幕上確認是否拍下了他的背影後，便走到Noodles門前的長龍後端排起隊來。

這條長龍和其他店家的門外大異其趣。拉麵店門外的隊伍大多是男人占壓倒性多數。裡頭偶爾也摻雜著幾個女人，但大多是跟著男人來的。可是Noodles這條隊伍卻有七成是年輕女性。隔著玻璃窗往店

內窺探，裡頭的裝潢與其說像拉麵店，倒還比較像Expresso咖啡廳。

宛如鋼琴表面般平滑的用餐台是上了亮漆的茶紅色，搭配的是皮革的吧椅，每個客席上方都垂下一張鉋光的鋁質布簾，地板則是黑白地磚相間的格子花紋。裝潢得宛如一家時髦的酒吧。

侍者個個穿著細腰黑色圍裙，打扮得如同高級飯店的酒侍，而且其中沒有一人是胖子，顯然是為了討好女性客人。門外的隊伍大概有二十公尺長吧。據我這個排隊專家估計，大概還得排上四十至四十五分。

反正時間還很多，我便打開手機，以I-mood上網搜尋拉麵網站，搜尋的目標當然是位於池袋東口的時髦拉麵店——Noodles。找到後，我便開始瀏覽起這家在十一月排行第六的店家簡介。

簡介中記載，Noodles的母公司是某家大企業的餐飲部門，是最近四處企畫出當紅店家的名拉麵製作人大谷雅秀（我以為只有音樂界和電影界才有這種職稱呢）的又一鉅作。難怪有這麼多新開張的店家看起來那麼相像。室內裝潢則又是一個名設計師的作品，兩層樓加起來的客席竟然超過一百二十席，規模連麥當勞和星巴克也只能望其項背。光是在池袋這條繁華大街開起這家巨大的開放型店面，就看得出投入的資本有多可觀了。

我在同一個網站上查了一下店家排行，結果有點教人意外：耗資上億的Noodles排行第六，資本額只有數百萬圓的七生卻也穩坐第八，而且還是個被圈上紅點的注目新秀。

難怪Noodles裡頭會有人這麼火大了。

將近八點我才被帶進店裡。用餐台後頭的空間與其說是廚房，還不如說是個被打理得閃閃發亮的不鏽鋼舞台。我向一個頭髮紮成馬尾的英俊侍者點了菜單上標明最有人氣的海鮮 Vegetable Noodles。不知道他們的「Noodle」為什麼都要寫成複數？真是蠢斃了。膚色晒得黝黑的侍者在唸 Vegetable 這個字時，還做作地刻意咬緊下唇唸出V的音。我向他亮出數位相機的螢幕，佯裝一臉天真地向他問道：

「喂，這是我剛才排隊時拍到的。他就是那個鼎鼎大名的製作人大谷先生嗎？」

侍者彎下腰端詳起螢幕，接著便面帶微笑地回答：

「不是。他是我們的店長。」

這下我樂得簡直想跳下吧台椅子狂舞一番，但還是強忍著笑意回道：

「噢，原來不是呀。其實，我也想開家拉麵店呢！」

看來他們的服務時間是以秒計算的。只見他什麼話都沒回，便向我投以一個微笑，撥撥前額的頭髮離開了。加上打工仔，這家店至少也需要將近二十個員工才能維持運作，店長的薪水想必也不低。但他卻還要親自出馬搞這種惡意中傷的幼稚把戲。看來不管到哪裡，社會菁英幹的勾當總是如此教人費解。

拉麵很快就送來了。擺放在白木盤上的是一碗拉麵與盛在玻璃容器中的杏仁豆腐，還附贈一個裝在紅紙袋裡的命運餅乾。雖然店長幹的勾當教人難解，這裡的拉麵還真是好吃。極細的麵條配上口味清淡的雞肉湯頭，搭配的菜色是半熟的烤蝦、烤魷魚，以及烤貝柱，焦蔥花和花生油的香氣更教人食指大動。喝完最後一口湯頭後，我不禁想到假如壞人下的拉麵都很難吃，好人下的拉麵都很好吃，這世界不知道會有多簡單明瞭？不管是藝術還是拉麵，作者的人品與作品之間都是毫無關連的。

我常想，創造這個古怪世界的上帝，說不定是個非常善良的好好先生。祂在天上悲憫地俯視著我們時，想必也只能嘆息吧。

這世界是祂出於好意創造出來的失敗作。不過比起大傑作，失敗作可要來得浪漫多了。對我來說，這要比傑作來得積極、有意義得多。

回到七生時已是晚上九點多，但星期六晚上的九點還是街上人潮洶湧的時段。我脫下皮夾克，套上深藍色T恤，旋即開始幫店裡的忙。雖然有許多事得向雙子星兄弟報告，但現在除了告訴他們客人點了些什麼，其他的完全沒餘力去想。

直到十一點多把門簾收進店裡時，我們才有機會喘一口氣。我向正在抹桌子的安曇說：

「這麼晚了還不能回家，沒問題嗎？」

只見安曇使盡吃奶的力氣，一絲不苟地抹著桌子，彷彿無法容忍有一滴東西殘留在桌上。

「沒關係。都電到晚上十二點才停駛，搭到庚申塚也只要十分鐘。」

我看了看錶，朝雙子星兄弟喊道：

「現在有空嗎？能不能來裡頭一下？」

阿保在鐵管椅、阿實則在裝白菜的紙箱上坐了下來。我雖然倚著調理台佇立，但視線的高度才和他倆坐下時差不多。

「找到犯人了。」

阿保以凶狠的眼神瞪著我問道：

「是什麼人？」

我掏出數位相機，讓他們看了幾個畫面。那傢伙和酒家女在七生前散布流言的鏡頭、抄寫和歌山拉麵菜單的鏡頭，以及他在Noodles側門等電梯時的側臉。魁梧的雙子星兄弟並肩緊緊湊在一起，端詳著小小的螢幕。

「這傢伙在隊伍旁邊散布流言，據說他就是Noodles的店長。」

阿實一臉凶狠表情說道：

「搞什麼鬼呀。他們那麼有錢，幹嘛找我們這種窮小子開的店開刀？」

我點頭表示同意。阿保可就冷靜多了：

「在許多排行榜中，我們兩家店的排名都很接近。在某些網站裡我們的名次甚至還比他們高。兩家在同一時期、同一條街上開店，加上口味又接近，或許因此才惹他們不滿吧？」

我雙手抱胸地補上一句：

「而且Noodles還是個名製作人的大作，口味不似七生獨創，生意再怎麼好，還是會覺得不大安穩吧。」

依別人的教戰守則照本宣科的人永遠都不會安心。阿實似乎還是無法抑制胸中的怒火：

「日本的代表性大財閥有什麼了不起？這麼大的公司，也犯不著向小市民開的拉麵店下這種毒手吧？」

我又點了個頭表示同意。但頻頻點頭是不會有什麼結論的，於是便向雙子星哥哥問道：

「那麼，咱們該怎麼處置這傢伙？」

血氣方剛的弟弟揉著自己宛如冰箱般有稜有角的肩膀說道：

「要不要稍微教訓他一頓，把他嚇得連骨髓都發涼？」

阿保搖頭回答：

「咱們已經不在街頭混了。靠蠻力逼對方就範只能當最後手段。阿誠，蒐集這種證據去請個律師什麼的，大概得花上多少錢？」

他難道是想找個「門外有人排隊的律師事務所」嗎？東京人口這麼多，即使沒什麼大不了的店，門外也都會有人排隊。我晃動著脖子回答：

「不是很清楚，但大概得花上幾十萬，也得耗上好幾個禮拜吧？」

這下阿實把捕手手套般大的拳頭舉到視線的高度說：

「所以說嘛，還是讓我來處理吧。我會趁他深夜打烊離開的時候，揮他一拳向他打聲招呼。他自己心虛，諒他也不敢去找條子。」

阿保搖頭回道：

「別這麼衝動。他們有的是錢，要是來找上咱們報復倒也還好，但如果來砸咱們店面出氣或找上安曇要怎麼辦？雖說那傢伙可能是哪家大企業的菁英，但一卯起來說不定也會很危險。」

雙子星哥哥以原子筆般長的食指揉了揉太陽穴。弟弟則怒氣沖沖地向我說道：

「阿誠，你覺得該怎麼辦才好？」

我覺得怎麼處理他都無所謂。讓這種傢伙充當阿實的沙包，把他扭曲的個性打得筆直，對他來說未嘗不是個好教訓。但也不能讓阿實為此成了罪犯。

「我覺得該直攻那傢伙的弱點。總之先讓我多蒐集一點證據，再直接找他談判。要是這招行不通，就潛入他的公司，散發印有他幹過的勾當的傳單。這種傢伙最怕的就是自己人了。」

所以這種人對外人，尤其是屬於小規模組織的人，才能極盡殘酷之能事。這時我感覺背後似乎有點動靜，便回頭望向廚房外頭的餐台。此時先是傳來有人拉開拉門的喀啦喀啦聲，接著便聽到安曇那無比開朗的嗓音：

「都做好了，那我先告辭囉。」

雙子星兄弟不約而同地站了起來，我則依舊雙手抱胸地思索道：這女孩到底是什麼身分？雖然應該不至於是受雇於Noodles店長的女諜報員，但有些地方還真教人起疑。

畢竟她的開朗與誠實，在池袋這個地方實在太難得一見了。

⚜

接下來的一個禮拜，我仍然天天上七生去。看來自己還真適合當拉麵店員呢。這下已經分不清這和我家的水果行哪個才是我的正職了。星期六下午把看店的工作交接給老媽後，我走上西一番街，沒多久手機就響了起來。電話那頭傳來如黑武士達斯．維德❿說話時夾雜著嘶嘶聲的嗓音，原來是Zero One

❿ Darth Vader，電影《星際大戰》中的角色。

打來的。

「阿誠，現在方便行動嗎？」

「可以。」

「那傢伙又開始有動作了。這次用的暱稱是『拉麵王』。上網地點是池袋的 Virgin 唱片行。」

原本朝東口走的我馬上做了個一百八十度的大迴轉，並朝著手機話筒高聲喊道：

「是西口丸井百貨後面的那家嗎？」

Zero One 先是沉默了一會兒，接著才回答：

「I P 位址是西池袋三丁目，所以應該是那裡沒錯。」

「知道了。」

正當我準備掛斷電話時，聽到 Zero One 慌忙大喊：

「喂，還記得咱們上次的約定吧？」

約定？我怎麼不記得和這傢伙有過什麼約定？

「就是搞定這差事後，要叫七生送拉麵過來給我呀！」

這傢伙竟然還記得這件事。我邊朝西一番街的劇場大道跑邊喊道：

「記得。到時候你要點什麼？」

這個天才駭客的語氣罕見地變得猶豫了起來：

「加滿七種菜色的叫什麼麵？」

在鋪著石子地磚的人行道上疾馳的我喊道：

「七生滿漢全席拉麵，一碗就行了吧？」

「對，要大碗的。」

我這才掛斷電話，開始卯足全力在上空一片藍天白雲的池袋加速奔馳起來。

Virgin唱片旗艦店原本開在丸井百貨的地下樓層，但已經在幾年前搬走了。不過搬得也沒多遠，目前就位於走進劇場大道後第一條巷子的交叉口。對面是隨時都門可羅雀的家具店In the Room。我一路狂奔到看得見唱片行的地方，一看到玻璃帷幕的店面前方，便調整了一下呼吸，迅速地放慢腳步恢復步行。

我已經有幾個月沒到這兒來了。遷移後，他們的貨色就變了很多，年輕人不大感興趣的古典樂和爵士樂已遭大幅刪減，主力商品轉為日本和美國的流行歌曲與好萊塢電影的DVD，和普通的國內唱片行已經沒什麼差別。時代真的變了，如今古典樂賺取的營業額頂多只有和日本流行歌曲的消費稅一樣的規模。在這種情況下，我當然沒理由再光顧這家店。

我斜行穿過未裝設紅綠燈的交叉口，穿過玻璃帷幕的自動門走進店裡。率先映入眼簾的，是完全勾不起我興趣的布魯斯．威利的新片。我穿過DVD展示架，朝白色防滑板組成的樓梯走去。二樓是規模縮了水的古典音樂區與影音設備賣場，在俯瞰十字路口的一角，就是本店名勝——免費上網區。

我手持數位相機穿過CD展示架，朝內側的包廂走去。由於不管連線多久都不收費，這塊地方遠比網咖還要擁擠；裡頭的電腦老是被揹著登山包的老外占用，平時排個老半天都還可能等不到位子。

窗邊裝設著一長排類似咖啡廳吧台的長桌，上頭擺放著四台桌上型電腦。高腳椅全都被占據，電腦也悉數被占用。大概是為了舒緩這裡的擁擠，一旁又增設了三台筆記型電腦，而就連這三台也都有人占用。在後頭等著上網的來客全都乖乖坐在吧台後方的沙發上等候。

那張熟悉的面孔就坐在一個身穿骯髒汗衫的金髮老外旁邊。只見這位Noodles店長敲著鍵盤時，嘴角還掛著一絲微笑。他仍舊穿著那套深藍色西裝，白襯衫領口打著一條和西裝同色系的領帶。說不定這身打扮其實很時髦呢。但打從我出生至今，這種V-Zone的顏色搭配也只敢穿個兩、三次。

我佯裝排到隊伍的最後端，窺探他那台螢幕上映著的是什麼影像。在BBS的視窗後方，是個上方就有一張拉麵照片的拉麵網站首頁，照片鮮明得宛如熱氣都要從那碗麵裡冒出來似的。我趕緊按下了數位相機上的消音快門鈕。想必Zero One會將這些針對七生散布的流言全存進磁碟片裡吧。我順道把埋首敲著鍵盤的店長側臉與螢幕上的畫面都拍了下來。在這塊小地方裡頭的人由於專注在螢幕上的網頁中，旁人即使湊得再近都不會引起他們注意。不管我做什麼，連線中的傢伙個個都染上了電腦孤僻症，沒有任何一人會在意的。

全神貫注地望著電腦螢幕時，任何人的警戒心都會放鬆到超乎想像的程度。奉勸各位在外頭上網時可要多加小心吶！

拍完照後，我靜候店長把字打完。下午一點四十七分，這傢伙一臉滿足地放下了電腦，什麼也沒買就離開了這家旗艦店。我沒打算跟蹤他。反正任何時候想找他，只要上東口的Noodles不就成了。

步出這家唱片行後，我目送著店長的背影，打了通電話給Zero One。

「我是阿誠。那傢伙剛剛才下線。」

Zero One冷冷地問：

「正確時間是？」

「一點四十七分。」

「場所、時間和使用電腦的email帳號都一應俱全了。你若是要告這個店長，證據已經很充足了。」

「對呀。」

我回答道，並抬頭仰望起十字路口前的天空。稍早還殘留在天際的幾朵浮雲，這下全都消失無蹤，天上一片乾淨澄澈。再過不久，冬天就要降臨這個城市，帶我們迎接拉麵吃起來更美味的季節。

這回的差事就和七生的東京拉麵一樣簡單清淡。壞人屬於如蚊子般渺小的輕量級，不過我們每天目睹的邪惡多半也不過這種程度。我思索著今天伙食該吃些什麼，緩緩朝西口公園走去。要是每樁差事都這麼好辦，我這副業可就輕鬆多了。但每次像這樣一放下心來，總會殺出個讓事態突然惡化的程咬金。

那就是——某種出自善意的惡行。

接下來我直接趕往池袋東口的Denny's。一走進店裡，就看到Zero One一如往常坐在老位子上等著我。他的鼻頭已經消腫，鼻翼上頭的鼻環也不見了，只剩一個小洞殘留在上頭。我在他對面一坐了下來，Zero One便開口說道：

「別問我鼻子怎麼了。」

我向這位皮膚敏感的駭客回道：

「我知道。只是來找你拿儲存這次留言的磁碟而已。」

他點點頭，接著露出一個微笑，把桌上並排的兩台筆記型電腦的其中一台轉向我。螢幕上是Noodles店長職員證的斗大畫面，照片上也有著那饒富特徵的眼鏡與額頭前的長髮。他名叫三田村博也，三十八歲，職稱是外食執行部次長。我問道：

「這是怎麼一回事？」

Zero One一臉無趣地回答：

「你不是告訴我那家店是某個大企業開的嗎？這是我潛入那家公司的電腦拿來的。這傢伙就是Noodles的店長吧？」

果真厲害。難怪他無論何時都這麼忙。

「對。謝啦。」

Zero One高興地說道：

「這就算我免費提供的吧。錢就不用了，只要幫我送三次七生的外賣來就好。」

我默默地點了個頭。即使有幸獲准，帶著一碗拉麵進連鎖餐廳也有違我的格調。但事到如今也無可奈何了。

我趕往位於太陽通的佳能輸出中心，將數位相機的記憶卡與Zero One給我的磁碟遞給了櫃台，請他們輸出幾張A4大小的相片，並把磁碟裡頭的內容印出來。若是急件，只需要二十分鐘就能處理好。我望向窗外，俯視著這條不論平日假日都一樣擁擠的街道。

我們的生活像這樣愈來愈方便，但真不知道多出來的時間都花到哪兒去了。請捫心自問：你最近是否曾好好欣賞過一次夕陽西下，或浮雲飄過藍天？最近一個月裡可曾試圖打開心扉，和哪個人天南地北地好好聊過？

遺憾的是，我自己也沒這種閒工夫。至少到今年年底為止鐵定都不會有。雖然這還不至於教我感到失落，但還是讓我不禁納悶自己為什麼得如此庸庸碌碌地過活。忙成這副德行，也沒賺到幾個銀兩。唯一的收穫只有自己的心彷彿和那把雙子星兄弟的老爸遺留下來的菜刀一樣，被磨得愈來愈細而已。

拿到照片和列印稿後，我離開了輸出中心。每到事情快辦完時，我總是不由得變得如此感性。或許我其實就是個愛惹麻煩、不蹚這種渾水就活不下去的人吧。

我蜷著背，在蕭瑟的北風中走回拉麵戰爭的激戰地。

我把雙子星兄弟叫進廚房來，讓他們看看剛被傳到網路上的中傷留言。打鐵要趁熱，我決定當晚就和Noodles的店長談判。阿實說：

「我也一起去吧。」

我搖了搖頭。雙子星哥哥則說：

「別礙事。整件事就交給阿誠去辦吧。咱們如果也露了臉，情況只會變得更難收拾。要是被對方誣賴遭街頭混混襲擊，不就麻煩了？」

剛收了碗進來的安曇打斷我們的討論。但她旋即又若無其事地走回了用餐區。在我這個拉麵店員生涯的最後一天，我一直忙到傍晚的尖峰時段，使勁做著菜色俱全的七生拉麵。

明天開始就得暫時告別這手廚藝了。我又拜託雙子星弟弟幫我續了一些麵，雖然這項服務並不在本店的菜單上。這下我已經做好談判的準備了。

Noodles到晚上十點半便停止接單，打烊則是在一個小時後。十一點，我走到店門前的人行道上。仔細觀察著在明治通上熙來攘往的情侶和上班族。在街上觀察行人是我最大的樂趣。這陣子大家已不再一窩蜂地趕流行，這還真是個好現象。今年還是和往年一樣流行伸縮牛仔褲配馬靴，但女人們的穿著已經變得各有特色了。

我倚在白色御影石的牆上，佯裝在端詳著手機螢幕。差十五分十二點時，店長走出電梯，來到了行人和白天一樣川流不息的人行道上，手上拿著一只多用途尼龍包。身上依然和白天一樣一身深藍色西裝，上頭披著黑色Soutien領⓫短大衣，很可能是Gucci的吧。這款式我也曾在折扣店裡試穿過一次，記得就連水貨也要價八萬圓。

我靜待他從眼前走過，接著才慢慢跟上去。從這裡到車站行人如織，但不出三、四分鐘，路就要走完了。

該在哪兒談判呢？

不久，Noodles店長下了里索那銀行（Resona Bank）前的階梯，走進地下街。我趕緊快步跟著他走了下去。鐵門差不多要關了，遊民正開始在階梯間的休息平台一角鋪起紙箱準備睡覺。真是個一片祥和的都市景象。

走下階梯後，店長沿地下道朝有樂町線的車站走去。遠方有個醉漢在大聲嚷嚷，回音響徹塵埃滿布的地下道。得趁他走進車站前一決勝負。我快步追向他，輕拍了一下店長的肩膀。

「三田村先生，方便聊聊吧？」

大概以為我是哪個打工仔吧，回過頭來的他表情一臉沉靜。這位停下腳步的店長問道：

⓫ステンカラー：這字是日文中的「翻領」，是由法文的Soutien（翻摺）和英文中的Collar（領子）組合成的外來語。

「你是什麼人？有什麼事嗎？」

我朝他露牙一笑，但兩眼不帶一絲笑意。

「有點東西想讓你瞧瞧。就是你最愛的網路留言。你今兒個用的暱稱是『拉麵王』，對吧？」

一聽到我說出這個暱稱，店長的菁英臉孔便頓失血色。我一把信封遞給他，店長的手不住顫抖，接下了這些相片，飛快地看了起來。我說道：

「和那個酒家女一起的照片拍得不賴吧？要不要也替她加印幾張？要是想向公司同僚炫耀你的馬子，我也可以替你免費加印個一百張。記得你是在○○公司的外食執行部服務，對吧？三田村先生？」

三田村也是個懂事的人，一臉蒼白的他脫口而出的第一句話就是：

「要錢是吧？要多少？」

真是夠了。我的確是個窮光蛋，但買買自己喜歡的ＣＤ和書本、想吃的時候吃碗拉麵倒還負擔得起，這對我來說不就足夠了？我對店長說：

「你自己一副不缺錢的模樣，為什麼要幹這種勾當？Noodles的生意難道還不夠好嗎？」

店長一臉光火地回答：

「你懂什麼？像我們這種店是天生註定要成功的，但生意再怎麼好，每個月的營業額也才三、四千萬。我真巴不得趕快把這家店處理好，回去重新負責併購方面的業務。我哪會想幹賣拉麵這種不學無術的人幹的差事？」

成功的標準人人不同。但在七生親手幹過兩個禮拜後，我已經切身體驗到這份差事的價值有多高了。

「你一直在搞執行什麼的，卻忽略了最基本的工作。有這種想法，你是一輩子不會體驗到工作的樂趣。」

他緩緩搖頭回道：

「我不想再和你這種從沒買過好幾艘貨輪的小麥或大豆的人多說什麼。憑你這副德行，哪懂得工作的樂趣何在？拿這些去買些喜歡的東西吧。」

店長從夾層口袋裡掏出錢包，抽出一張金卡。

「一個禮拜後我才會報失，在那之前盡量利用這張卡的額度買些東西吧。這件事就別給我張揚了。」

我用手掂掂這張某信用卡公司的金卡，重量甚至比不上七生的一塊魚板。

「不必了。只要你答應不再找七生的麻煩就行了，不管是在網路上、街上，還是酒店裡。」

這下背靠著地下道海報的店長才露出恍然大悟的表情，朝我擺出一個微笑：

「什麼嘛。原來你是他們請來的。你和那票街頭混混是同夥吧？」

我搖了搖頭。看來和這傢伙再怎麼費心講道理也沒用。

「我沒混幫派，也沒拿七生的錢。」

店長若有所思地說道：

「憑你這麼高超的調查能力，不如來幫我吧？再過不久，Noodles就會直接贏過那些老店累積多年的名氣，成為池袋首屈一指的拉麵店。跟著七生這種垃圾般的小店，是不會有什麼前途的。」

這時突然傳來一陣撼動整個地下道的怒吼：

「你說什麼？臭老頭，再給我說說看！」

我趕緊朝怒吼聲傳來的樓梯上望去。遊民也被嚇得從紙箱鋪成的床上坐起了身子。飛快衝下樓梯的，竟然是瘦骨如柴的安曇。只見她兩手放在右側腰際，緊握著一個東西。

竟然是那把泛著藍光的老牛刀。

「住手！安曇，事情已經談妥了！」

只見兩眼翻白的安曇在昏暗的地下道裡朝我們飛奔而來。眼角上揚，嘴角也嘶了起來。看來我的話並沒有傳進她耳裡。她側身從我身旁鑽過，舉刀刺向嚇得動彈不得的店長。

正當我幾乎要嚇得兩眼緊閉時，兩個深藍色的人影突然從一旁冒了出來。其中一個影子以肩膀撞向店長，把他撞飛到對面牆上。另一個則抱住安曇，試圖將她制服。定睛一看，兩個人影都穿著七生的T恤。原來雙子星兄弟不只是個子大而已，移動起來竟也是速度驚人，不愧是曾一起當過G少年親衛隊隊長的狠角色。只見安曇在阿保的臂彎裡，彷彿一隻發了狂的松鼠般揮舞著手腳大喊：

「放開我！讓我殺了這個人渣！」

這時的安曇變得和平時判若兩人。撞開店長的阿實這下也走了回來。在打工的這段期間，我已經學會怎麼分辨這對兄弟了：那就是哥哥阿保的眼神比較溫柔一點。只見雙子星哥哥在安曇的耳邊說：

「安曇，沒事了。冷靜下來吧，我們和七生都沒事了。這傢伙已經無法再為所欲為了。」

大概是被刀鋒劃傷了胳臂，只見血從阿保的手腕上一滴滴地濺到了石磚地上。扔下刀子後，安曇激動地大吼一聲，接著便哭了起來。白木刀柄掉到地上時，發出了一聲清脆的聲響。阿實旋即撿起了這把老爸的遺物。我說道：

「三田村先生，條子馬上就會來了。你也趕快走吧。否則條子問起這件事的來龍去脈，我也只得向他們全盤托出你幹過些什麼勾當。可別讓他們給逮著喲。」

Noodles店長一聽到「條子」兩個字，渾身似乎就開始打顫。只見他慌忙地撿起散落一地的照片，神色慌張地消失在地下道昏暗的另一頭。

「喂，統統給我站住！」

這時條子的喊聲伴著回音傳來。我朝阿保點頭說道：

「咱們也趕快分頭離開這裡吧！十分鐘後在七生集合。」

接著我們便在錯綜複雜的地下道裡兵分三路逃離了現場。託G少年的福，我對甩脫追兵已經有十足自信。這塊地方的每一條大街小巷，都已經被我記得滾瓜爛熟。要擺脫條子，在池袋這個地方就有上百條路可以走。

但這種知識卻沒辦法寫進我的專欄裡，真教人遺憾吶。

回到七生時，我發現雙子星兄弟和安曇已經早我一步趕回來了。哥哥阿保剛在水龍頭邊洗完傷口，正以毛巾敷著上臂止血。安曇則虛脫地坐在用餐台正中央。阿實一看到我也回來了，便開口說道：

「喂，安曇，為什麼把菜刀帶出去？」

安曇依舊仰望著天花板，無精打采地回答：

「因為我無法原諒他。」

我在用餐台一角坐了下來，也沒看安曇一眼便向她問道：

「妳是不是偶爾會像剛才那樣失去控制？」

安曇以不帶一絲情緒的嗓音回答：

「是的。一旦情緒失控，我甚至不知道自己會做出些什麼。」

阿實問道：

「妳覺得這就讓妳有資格砍那樣一個從沒見過的傢伙嗎？」

「對呀！那傢伙是壞人嘛，挨個幾刀是他活該呀！」

這時阿保開口說道：

「那種傢伙如果挨刀，的確是咎由自取，可是安曇，妳要是真這麼做，自己可就完了。」

安曇微笑著回道：

「無所謂啦。反正我不過是個垃圾嘛。正如那傢伙所說的，我哪會有什麼未來。」

怪了。這時的安曇和平時的她簡直判若兩人，讓我又想起她躲在暗巷中把糖果塞進嘴裡的景象。我放慢速度問道：

「恕我冒犯。上次我曾看到妳躲起來吃便利商店買來的糖果。當時的妳眼神十分哀傷。這和今天這件事是不是有什麼關係？而且在這兩個禮拜裡，我一次也沒看到妳吃這家店的伙食。」

安曇神情落寞地笑著回答：

「我沒辦法和其他人一起吃東西。從小就為了這個常受欺負。」

阿實問道：

「為什麼呢……？」

安曇以微弱得幾乎聽不見的音量回答：

「現在有個名詞將這種現象叫做『疏忽照顧』，但在我小時候還沒這個字眼。記得那是從我七歲開始的吧。我媽再婚後，似乎就當我是拖油瓶，和繼父一樣對我毫不理會。即使我肚子餓了，他們也不讓我吃飯。弟妹們用餐時，坐在同一張餐桌上的我就只能喝白開水。有一次我實在餓得受不了了，只能從電鍋裡偷些白飯出來吃，配的菜就是醬油、美乃滋和牛油。這樣吃起來好好吃呀，直到現在我都沒吃過比那好吃的東西呢！」

安曇伸長了細得宛如枯枝的脖子，仰望天花板笑著繼續說道：

「可是當時被買完東西回家的爸媽發現了，他們氣得要死。那時候是冬天，他們把我脫得精光，拿洗衣店的鐵絲衣架打遍我全身，還直罵我偷吃東西很卑鄙、是個大賤貨什麼的。我被打得渾身瘀血，當天到深夜都一直被扔在陽台上。所以直到現在，有人在旁邊時我還是沒辦法吃東西。但也真可笑呀，這樣的我竟然會在拉麵店打工。對不起，阿保、阿實，想必你們知道我是個這麼嚇人的女生後，就不會想再雇用我了吧？」

這時原本一直默不作聲的阿保站了起來，點燃了瓦斯爐，並把碗拿進了調理區。真不愧是雙胞胎兄弟，阿實也自然而然地開始拆起麵條。兩人沒交談半句，眼神也沒有交會，行動起來卻是如此有默契。

阿保邊忙著煮麵邊說道：

「要是明天還想和我們一起打拚，今晚就先吃碗咱們家的麵吧。放心，吃的時候沒人會盯著妳瞧的。」

一碗熱氣騰騰的七生拉麵被放到了用餐台上，而且還是七種菜色齊備的人氣招牌「滿漢全席」。在白色燈泡的燈光下，湯頭上漂浮的油脂被映照得晶瑩剔透。我依舊坐在用餐台前的高腳椅上，轉身面向東大道。雙子星兄弟則是背對著安曇，兩對眼睛直瞪著廚房。

店裡一片鴉雀無聲，只聽得到安曇的啜泣和啜食麵條的聲音。

「怎樣？咱們家的拉麵不賴吧？」

安曇哭得太傷心，只能支支吾吾地回答：

「嗯……嗯……真好吃……」

阿實也問道：

「明天還會來上班吧？」

「……嗯。」

媽的，為什麼連我也被感染得想哭出來了？被強忍著淚搞得筋疲力盡的我，只得頭也不敢回地朝廚房喊道：

「喂，也幫我煮一碗吧。大碗的滿漢全席，拜託了！」

安曇這才破涕為笑。啜食著這碗遲來的拉麵時，我覺得這碗七生拉麵真是我有生以來吃過最好吃的拉麵。這紀錄直到現在都還沒被打破。難怪人說邊哭邊吃的東西總能教人永生難忘。只是我心裡還真為當晚安曇流下的淚高興，因為我知道她這次落淚的理由已經和她小時候的不同了。

這教我見識到了一碗拉麵也能救人這個平凡的事實。若是Noodles的店長也能認清這點，想必也不會搞出這種無聊的勾當了吧。

從那晚起，關於七生的負面流言就悉數消失。雖然門前的隊伍並沒有很快恢復原本的長度，但到了晚秋時節，客人還是開始回籠了。

光在十一月一個月裡，我就送了三回外賣到Denny's。由於不提供外賣服務的七生根本沒有外送的容器，因此我只得隨便找個紙箱裝拉麵，以利搬運，看來活像個鋌而走險的槍毒販子。

Zero One這次在舌頭中央打了個不鏽鋼的舌環。真不敢相信他戴上這種東西還能有味覺，但每次他都把七生滿漢全席拉麵吃個精光，連湯都喝得一滴不剩。看來Zero One這傢伙的黏膜組織大概不會對金屬過敏吧。他向我透露下次還要在某個黏膜組織的部位打環，至於是哪裡，這裡就不方便說了。

崇仔聽我敘述完整件事的過程後，嘲笑我道：

「看來好處全被雙子星兄弟和那個叫做安曇的馬子給搶盡了嘛！」

這話一點也沒錯，但我並不覺得有什麼好不甘心的。反正我這種人就只適合當個配角，壓根兒沒資格當個酷大王或滿腔熱血的正義之士。為了尋找下一篇專欄的點子，在即將入冬、一片灰色的池袋四處蹓躂，就是我最鍾愛的時光了。

如今安曇依然是七生的看板娘。雖然臉頰比以前圓了些，但厭食症還是沒痊癒，偶爾還是會在店內廁所裡嘔吐。不過安曇可是完全不氣餒；現在一到吃飯時間，他們三個就背對背地湊在一起，邊開懷大笑邊用餐。

你問我為什麼會知道這些？

當然是因為每個禮拜我會有一次和他們三個湊在一起用餐呀。由於我不敢收下身上沒幾個子兒的雙子星兄弟的酬金，因此這就是為他們解決這件事的報酬。

Noodles店長給我的金卡，我則把它用在報答客人上。由於大家在盛夏期間對店內的冷氣機多所抱怨，我便用這張卡換了台新冷氣，而且還改建了店內的廁所。

至於阿保、阿實和安曇的三角關係，由於兄弟倆都不敢占對方便宜，因此遲遲沒有任何進展。即使自己談過的戀愛一點也不有趣，但在別人墜入愛河時做壁上觀倒還真好玩。看來他們兄弟倆到了明年春天應該就能分出勝負，但我還是做好了靜心等待結果的準備。

反正我的拉麵兌換券有整整一年份，還足夠用到明年秋天嘛。

池袋ウエスト
ゲート
パーク

獻給寶貝的華爾滋

走在熱鬧的大街上時，偶爾會走進一種令人窒息的真空場域。這裡指的是一些大家平常分明都看得到，但這時卻會自然別開視線、佯裝視而不見的地方。這種地方並不盡然是大馬路的十字路口或行人穿越道，也有可能是領完一筆小錢後抽身離開的提款機旁、住宅區內的小型兒童公園入口，或是自動販賣機投射的藍色燈光照耀下的昏暗人行道。

這種地方總會有用鐵絲之類的東西固定在柵欄或電線杆上的枯萎花束。這些都是有人過世後，愛慕這個人物的某人祭上的白色花束。有時還能看到一旁擺著拉開拉環的啤酒，或尚在燃燒的香菸；有時則是被雨淋溼的泰迪熊，或是第十幾代假面騎士的變身裝備玩具等等。

只要看到這種花束，我們就會為在這地方喪命的人感到惋惜。但不消一眨眼的工夫，我們的思緒又會被當天午餐該吃什麼、自己的男女朋友，或者掛在櫥窗裡的嶄新手洗復刻牛仔褲給吸引過去，在轉眼間忘卻這個某人曾在此失去寶貴生命的特別場域。

在漫長的人類史上，有無數場所都看得到死亡的蹤影，大家每天都一步一步走在曾有人死過的土地上。而我們也本著這種邏輯，教育自己把死亡看得和被丟棄在路邊的體育娛樂報❶，或被踩碎的聖誕樹星飾一樣稀鬆平常。

但是，若死在這地方的是在你眼中無可取代的某人，情況又會如何？

你還能視而不見地把視線從這鋪著柏油或石磚的冰冷角落移開嗎？能不在這綻放著微弱光芒的地方裡，尋找什麼特別的印記嗎？能把這並非抽象概念上的死亡，而是某個你所摯愛、有名有姓的人物的死

❶スポーツ新聞：結合體育、八卦、娛樂和消費新聞的報種，最初主要是為了提供最新賽況給運動迷（以棒球、賽馬為大宗）。

亡，看得和掉落路旁的菸蒂一樣微不足道嗎？

這次要講的，就是這種在池袋街頭也有幾十束的花束的故事。我曾看到幾滴眼淚落在一束固定得穩如泰山的白色花束的花瓣上，並在新的一年的第一天，親眼目睹這幾滴眼淚如何融化了硬梆梆的憤怒與憎恨。

我徹底了解不論我們活在一個如何惡劣的時代，原諒人的總是遠比被原諒的多得太多。無論這故事在Merry Christmas與Happy New Year的歡樂氣氛裡聽來有多掃興，還是請你停下手邊的工作好好聽聽。

這是關於一位我打從心底崇敬的古怪大叔的故事。

這件事發生在年底，距離元旦倒數計時前的最後十天裡。整個池袋都已經被染成了一片聖誕紅。丸井百貨的正門入口掛上了兩枚宛如倉庫大門般巨大的鮮紅看板，銀箔色的聖誕樹也被燈光照耀得熠熠生輝。

一看完店，我便將CD隨身聽塞進腰包裡，走上了街頭。並不是和哪個美女有約，而是想好好享受一番在寒風刺骨、教人口吐白霧的十二月夜晚，穿得暖暖地散步的感覺。紅綠燈和車尾燈這下看來都異常清澈，明亮夜空中的浮雲，也在地上霓虹燈的照映下忽紅忽黑地緩慢移動。

我這身打扮最適合在嚴寒的池袋遊走：灰色連帽罩衫，上頭罩著一件內裡塞滿Thinsulate❷的暖和雙排釦大衣，腿上套的則是有六個口袋的低腰寬腳褲。在這個季節出門，一些小配件也是不可或缺的，我戴著毛料棒球帽、皮手套（兩面都是黑色），饒富迷幻風味的七彩條紋圍巾則有畫龍點睛的效果。

如此全副武裝後，我踏著輕盈的腳步，走上醉漢與情侶充斥的街頭。儘管再怎麼不景氣，上班族仍是酒照喝，情侶仍是愛照做。十二月裡的池袋從泡沫經濟時代至今都是同樣熱鬧。

入夜後，我常獨自在這一帶的大街小巷聽著自己喜歡的音樂漫步。挺直背脊，揮舞著雙手慢慢踱步，時間大約都在三十分鐘至一小時之間。周遭雖然是一片髒亂，但這是少數會讓我深感慶幸自己生長在這東京副都心的時候。

當晚我在西口的五叉路前穿越立教通，以餘光眺望著已沒有半個學生的校園，享受著在西池袋三丁目散步的感覺。這時我回想一整天發生過的事（全都是些無聊的小事），思索著翌日該做些什麼（同樣都是些無聊的小事），欣賞著夜裡的校舍與樹木的剪影。再怎麼無聊的小事，在此時竟都會奇妙地讓人覺得有趣。

當我繞完一圈，回到劇場大道時，已經快凌晨一點了。這時我看到一道不像電燈發出的微弱光芒，忽明忽暗地照耀著前方的路面。

我彷彿受這道光吸引般地直往前走，但一方面也由於這是回家的路。就在這裡，這位渾身凍僵、坐在地上的古怪大叔和悠悠哉哉散著步的我迎面撞個正著。原來人與人之間也是會發生車禍的。

---

❷保溫棉。

東京藝術劇場後頭是一片遼闊的露台。這片鋪有白色地磚的露台比人行道要高個幾階，在綿延數十公尺、宛如舞台般的階梯之間，隨處安裝著不鏽鋼的扶手。

我在一根扶手支柱下看到這道燭光，燭光旁有如一家露天花店般擺滿了好幾束花。在幾支蠟燭和白色花束前方，一個年過五十的男人正蜷著背盤腿而坐。

他想必是不幸死在這兒的某人的家人吧。只見他的頭髮和鬍子均已半白，全身上下是一度風靡上個世紀的雅痞打扮：紅色羊毛衫配白色的 button-down ❸ 襯衫，鬆開的衣領上則打著一條皺巴巴的斜條紋領帶。

從那些蠟燭旁走過時，我沒敢看那大叔一眼，因為他那低垂的雙肩、面容悲哀的側臉，在在都教人看不下去。人行道的另一端沿路種滿了杜鵑花，路燈上釘著一片塵埃滿布的告示板。慢步走過時，我端詳了上頭寫些什麼：

此處曾於平成九年十二月二十七日凌晨一點發生過凶殺案。
當時曾目擊任何可疑人物或犯罪行動者，請盡速向本署通報。

池袋警察署

接下來的就是那個我手機通訊錄裡頭也有的號碼。大概是注意到我在看這張告示吧，這位雅痞大叔抬起頭來向我問道：

「請問一下，當時你人在哪裡？做了什麼？」

五年前我在哪裡？當時的我還是個附近工專裡的壞學生。為了預防打架時挨刀，每天都在肚子上塞本雜誌上學。當然，我哪可能清楚記得五年前的「當時」自己在做什麼，只好吐著一口白霧回道：

「抱歉，記不得囉。在這裡過世的是什麼人？」

這位大叔兩眼筆直地凝視著我。由於他坐在比人行道高幾階的露台上，因此即使是坐著，視線的高度也和我約略相當。只見他以哀傷的眼神從頭到腳緩緩把我打量了好幾遍。

「是我的獨生子利洋，要是他還活著，現在年紀也應該和你差不多。身高大概也和你差不了多少吧。」

這個回答彷彿一把利刃刺進了我內心深處。要是我老爸還活著，想必年紀也和這位大叔差不多。我環視著周遭，看到劇場大道的對面有台賣罐裝咖啡的自動販賣機。

我翻身跳過柵欄，穿過馬路買了兩罐熱騰騰的Ore咖啡。我走回這位五年前痛失骨肉的大叔身旁，砰的一聲把咖啡放上了露台邊緣。

「不介意的話就請喝吧。今晚實在太冷了。」

❸指衣領尖端上有鈕釦可以扣在襯衫上的設計。

雖然向我道了謝，這位大叔卻碰也沒碰這罐咖啡。他表示自己名叫南条靖洋，在我還沒開口說半句話前，他便嘀嘀咕咕地聊起了過世的兒子：

「我們家阿利當年在上野的美國橫丁可是號響叮噹的大人物。他生前是現在所謂的街頭幫派的頭目。」

美國橫丁的幫派分子？那一帶傳統上除了日本小鬼的幫派之外，還夾雜著許多在日朝鮮人和東南亞裔的小團體。也不知道他那倒楣的兒子，當時在深夜裡獨自來到不是他地盤的池袋做什麼。這位大叔一拉開罐裝咖啡的拉環，便將開口朝蠟燭的方向放上了露台。

「阿利在這兒有個女朋友，當時正好從她家走到便利商店買點東西。那個名叫晴美的女孩懷了阿利的孩子，大概是需要補充些什麼吧？」

我依然什麼話也沒回。即使正值熱鬧的聖誕節前夕，也幾乎沒有行人會走到藝術劇場後頭這一帶來，而且劇場側邊的路是條死巷，也沒幾台車會開進來。在我們身處的露台四周，只停著一台亮著暫時停車燈的計程車。

「沒有人知道當時到底出了什麼事。當時正在開計程車的我接獲通知，趕往要町的急診醫院時，只看到阿利冷冰冰的屍體。院方表示他頭蓋骨裡頭有團很大的血塊，原本準備做個手術把它取出來，但還是來不及。」

我微微嘆了口氣問道：

「那位晴美小姐，後來有順利把孩子生下來嗎？」

這下這位大叔首度把頭轉向我，讓我看到了他那張老淚縱橫的臉上泛出的笑容，以及一對被菸熏黃了的門牙。

「有呀。明洋就快上小學了。晴美後來和別的男人結婚，她先生也很疼我的孫子。」

我眺望著空無一人的露台，四下一片靜寂。這時我終於想起這件發生在五年前的事了。這案子在當時喧騰了約一個月，但由於死者並非本地人，加上凶手也沒找到，沒多久就為大家所淡忘。我向點了根菸放到罐裝咖啡上頭的大叔說道：

「原來大叔的兒子就是在這裡喪命的呀！」

「對呀。血氣方剛，他可能是和其他小混混發生了衝突，腦袋這裡大概就……」

說到這裡，大叔突然停了下來，像在撫摸著孫子的腦袋般，輕輕把手放到了露台的白色大理石磚上。

「……撞到這石磚上了吧？要不就是撞上那段階梯的一角。」

我移開視線，望向搖晃的燭光。只見僅剩約十公分的蠟燭在風中搖搖擺擺，仍奮力燃燒著。這下大叔似乎想起了什麼似的說道：

「對了。你就住這附近吧？有沒有認識什麼幫派分子或街頭混混？能不能稍稍幫我打聽打聽這件五年前的往事？」

池袋的街頭幫派分子我哪個不認識？就當是請他喝這罐咖啡結的緣吧。

「好。南条先生，我會幫你打聽的。」

這下我才首度做了自我介紹並站起身子。南条也隨我站了起來，兩手撐腰地拉了拉身子。

「在這裡坐了一整個鐘頭，屁股都要給凍僵了。你叫阿誠是吧？家住哪裡？我開車送你一程。」

大叔敏捷地躍過柵欄，朝亮著臨時停車燈的計程車走去。我趕緊說道：

「我住得很近，離這兒步行也只需要五分鐘，不必開車送我啦。」

南条頭也不回地回道：

「五分鐘也夠聽完一首歌了。別客氣了，上車吧。」

在車上，他遞給坐在後座的我一只黑色的檔案夾。打開一瞧，裡頭整整齊齊裝了約四、五十張ＣＤ，從四〇年代的搖擺爵士到最新錄音的北歐爵士一應俱全。坐在駕駛席上的南条回過頭來，朝我投以一個微笑。

「聽過爵士計程車嗎？這台車的行李廂裡可是有真空管式的後級擴大機與兩台二十片裝的ＣＤ音響呢。選些喜歡的來聽吧，就當是今晚這趟路上的BGM。車是我自己的，我就依自己的喜好把它改裝成這副德行了。」

雖然我對古典音樂很熟悉，但爵士懂得可就不多了。不過一張上標是疾駛於黎明中的急行列車照片的ＣＤ吸引了我的注意，便指了它。大叔說道：

「這是奧斯卡．彼得森三重奏（The Oscar Peterson Trio）的《夜行列車》（*Night Train*）。想不到你如此年輕，品味還不賴呢！」

大叔熟練地選了曲，悠閒的Four Beat便開始在車內迴盪。計程車靜靜發動，流暢地駛到了劇場大道上。或許是那台真空管擴大機的緣故，樂聲雖強而有力，音色聽來卻柔軟得毫不尖銳刺耳。我不禁好奇奧斯卡．彼得森那義大利香腸般的手指按在白色琴鍵上時，彈出的音色是否也是如此渾厚？

平時看膩了的池袋西口風景，這下竟也在音樂的襯托下變得高雅起來，彷彿電影裡的紐約街景般優雅地在窗外逐步流過。丸井百貨、芳林堂與東武百貨，這下看來彷彿都矗立在曼哈頓一角。

這一帶同樣也有街頭幫派、暗巷流鶯，以及和我一樣籍籍無名的小人物。一想到其中有哪個人殺了阿利，我的心就直往下沉。理所當然的，街頭並不只是談戀愛或拚事業的地方，有時也是會鬧出人命的。

為了避免讓那束插在西口圓環的花束映入我的眼簾，我閉上雙眼，整個身子躺向了椅背上。

翌日晚上開始，散步途中順道前去看看那露台，成了我的新習慣。隨著阿利的第五個忌日將近，供奉該處的花束也與日俱增。雖然他生前只是個美國橫丁的街頭混混，但從這光景看來，簡直讓人誤以為在這裡喪命的是哪個搖滾巨星。

偶爾會有幾個小鬼在這裡席地圍成一圈飲酒作樂，碰到這種時候，我也會從遠處瞻仰這塊地方。其實這件案子我根本幫不上什麼忙，該做的條子都已經做了。

我能做的頂多只有打通電話給池袋現任街頭國王——安藤崇。若打了這通電話還是撲個空，我最多也只能向停在酒吧街的移動花店買些白色康乃馨去祭拜阿利。

我在夜間散步的途中按下了崇仔的快速鍵。最近我和他關係還不錯，有時甚至還能和他開些無聊的玩笑。

「喂，這裡是國王家。」

只聽到一個語調和崇仔一樣冷淡的女聲說道。接電話的是臉頰上刺有一顆星星圖案的弘美。也許這嗓音會讓人以為她是個無法無天的大太妹，但她其實是個推掉班長頭銜的偶像級大美人，只不過身上穿的還是美軍流出的卡其軍服就是了。

「要是聖誕夜沒人約妳，想不想和我一起到露台看一晚燭光？」

但弘美似乎沒等我說完，就把電話交給了崇仔。

「阿誠，和我一起看燭光能幹嘛？」

從語調聽得出他完全不懂我這個幽默。我趕緊說道：

「知道劇場後頭有片露台吧？」

「嗯。」

「那麼，五年前發生在那裡的凶殺案呢？」

崇仔似乎陷入一陣沉思，過了半晌才回道：

「高中時那件案子嗎？好像到現在都還沒破案吧。怎麼？又有新差事？」

我邊欣賞池袋的夜景邊走著。在這季節的街頭聽來，崇仔的聲音竟然也會讓我感到一絲溫暖。我還真是個寂寞的偵探呀。

「這次不會有什麼大動作啦。不過是受當時喪命的美國橫丁幫派分子的老爸之託，在池袋幫他稍稍打聽真相罷了。」

「噢，死的原來是上野的傢伙呀！」

我在沒有紅綠燈的行人穿越道前停了下來。一台震天價響放著〈目不轉睛愛上你〉（*Can't Take My Eyes Off You*）的雪佛蘭Astro從我眼前駛過。

「可曾聽說當時這裡和上野的傢伙有過什麼衝突？」

「沒聽說過。不過既然你都拜託了，我就差幾個G少年去查證一下吧。只是應該沒人會承認那案子是自己幹的就是了。」

過了紅綠燈，我來到了劇場大道。真想不透冬夜散步這麼有趣的活動，為什麼愛好者就只有我一個？直教人感覺自己不是在東京，而是來到了哪個入夜的沙漠呢。我向池袋的國王說道：

「沒關係，反正聖誕節過後應該就看不到他了吧。崇仔，聖誕快樂！」

這聲感性的問候只換來國王高貴的冷漠：

「你腦袋有問題嗎？」

真巴不得能來一場革命，讓我有機會把這傢伙的脖子給扭斷。

翌日晚上我就接到了崇仔的電話。他差遣了一打的G少年成員輪流進行地毯式的調查，但至今仍不見一絲線索。只聽說當時這裡和上野的傢伙並沒發生過任何衝突。

我只得無奈地向他道聲謝，回頭照顧家裡的水果行，向醉漢推銷溫室栽培的哈密瓜和櫻桃。這些水果形狀是不錯，但口味全都像是某家研究所精心仿冒出來似的。在這個時代裡，冒牌貨已經賣得比真貨還貴了。

或許我撰寫的專欄也是如此。若是文法上有哪裡不妥，看在我時間、知識都充分不足的份上，也請各位睜一隻眼閉一隻眼吧。

利洋的忌日那晚，雖然依舊沒有半點凶手的線索，我還是捧著一束白色花束來到了露台。店舖在晚上十一點半打烊，到露台時已是午夜十二點了。有七、八個人聚集在現場，個個都低頭低聲在聊些什麼。

我一把白色康乃馨放到堆得和扶手一樣高的花束堆上，便看到開爵士計程車的大叔向我招手，並為我在他身旁騰出了一個空位。

「阿誠，謝謝你也來捧場。」

他還是穿著同一件羊毛衫，真不知這年頭該上哪兒才找得到這種衣服。雖然有點難以啟齒，我還是把情況先告訴他吧。

「我已經向池袋的街頭幫派分子打聽過了，但還是沒半個人有任何線索。抱歉沒幫上什麼忙。」

「別介意、別介意。」

大叔微微點頭回道，並遞給我一只玻璃酒杯。裡頭盛的是一滲出來恐怕就要灼傷手的燒酒。周遭的每個人都在討論著已故的阿利。雖然覺得自己似乎來錯地盤了，我還是默不吭聲地聆聽他們在聊些什麼。

原來美國橫丁的阿利在街頭混時，曾因組織上野第一個幫派「Apollo」而聲名大噪。聽他們這麼一說，我這才注意到這些人個個都戴著深紅色的Apollo棒球帽，擺在堆積如山的花束旁的那頂上頭還繡有斗大的「No. 1」。我走向一個距離最近的美國橫丁幫派成員。他的脖子上刺著一個蜘蛛圖樣，一邊的四隻腳彷彿抓著他右半邊的臉頰，看起來還真嚇人。

「你們幫派現在還在活動嗎？」

他先是好奇地打量了我一番，接著才回答：

「雖然頭目從第一代的阿利老大變成第三代的林太郎老大，但我們現在已經是上野首屈一指的幫派了。」

「是嗎？」

「你是哪位？」

「我是利洋爸爸的朋友，不是上野來的人。」

這個幫派成員把視線從我身上移開，嘀嘀咕咕地說：

「不管一個人生前有多威風，死了還是一切歸零。除了回憶什麼都不會留下。」

這時後方傳來一陣小孩的喊聲。回頭一瞧，只見一個年約五歲、被一身衣服包得圓滾滾的男孩撒嬌般地邊喊邊朝南条奔去。我望向這脖子上刺著蜘蛛的傢伙說道：

「也不一定吧。你自己還不是忘不了阿利？而且他也留下這個孩子。沒有人會完全歸零的。」

他默默朝我點了個頭。人並不是電腦裡的資訊，絕不可能單純到只是0或1。生命就像真空管裡的燈光，只要還在閃耀時有人願意側耳傾聽，殞落後也必定會留下些什麼。

這時我突然莫名其妙地開始思考自己哪天有了孩子會是什麼模樣。不知屆時我這乏善可陳的人生，是否就會變得比現在光明一點？

雖然難以想像懂事前就失去父親的我哪天也會成為別人的父親，但在眼前這充斥著花束與燭光的景象中想到這個，心中竟也微微泛起一股溫馨。

⚜

南条抱著男孩走到我面前。後頭跟著一個外貌平凡、穿著一身UNIQLO運動裝的女人。她年輕時或許曾是個美人，但如今不僅臉上胭脂未施，身材曲線也已經開始走樣了。南条以紅通通的臉蹭著孩子說道：

「阿誠，這就是我引以為傲的孫子明洋。喂，這位是池袋的阿誠，打個招呼吧。」

他已經醉得直呼我小名了，想必大概早忘了我姓什麼吧。男孩說道：

「我叫松田明洋，今年四歲。最喜歡吃蘋果、橘子、哈密瓜、水果。」

我聽了不禁莞爾。

「那正好。我家就在附近開水果行。下次可以送你很多沒賣出去的水果喲。熟透的水果很好吃呢！」

身穿運動裝的女人朝我低頭致意地說道：

「真是抱歉，我們家爺爺給你添麻煩了。」

我趕緊站起身來。這才發現身旁那刺著蜘蛛的傢伙也是直立不動，而且比我還早一步向她鞠了個躬。

「大姊，好久不見了。」

女人笑著回道：

「別這麼大聲叫我呀；阿利已經走了，我也和你們沒什麼關係了。」

這下我才終於能插上一句話：

「我已經向池袋的街頭幫派分子打聽過了，還是沒探到任何消息，真是抱歉。」

聽到池袋這兩個字時，她先是變得一臉茫然，四下頓時彷彿成了無聲電影的一個場景，但明洋的媽很快又恢復笑容回道：

「謝謝你。反正即使有任何消息，他也不會回來了。」

蜘蛛紋身的傢伙依舊挺直背脊問道：

「志浩老大今天不來嗎？」

她的表情這下緩和了下來。

「是呀。他還在上班。」

接著她便向我們點了個頭致意，朝自動販賣機旁的祖孫走去。我向蜘蛛紋身的傢伙問道：

「她就是阿利的女朋友？名叫什麼？」

坐回地上的他點頭回答：

「她就是松田晴美大姊。以前的她美如天仙，曾是我們這些小弟的夢中情人呢！」

「阿利過世後，她嫁給了一個姓松田的人？」

蜘蛛紋身的傢伙拉低帽簷，凝視著燭光回答：

「對。浩志老大是咱們Apollo的第二代頭目，現在已經金盆洗手去開卡車了。他真是偉大呀，還把阿利老大的孩子視同已出地養到這麼大。」

「是嗎？」

我回道。也不知道為什麼，大多數街頭幫派分子都是善待自己人的男子漢。看來該把這題材寫進我的專欄裡。反正每天閒著也是閒著，就把南条一家三代的背景調查一番吧。順利的話，他們的故事或許不只能寫成專欄，甚至還可以整理成一篇短篇小說賣給雜誌社呢。

每個月撰寫八張稿紙的專欄已經讓我有點膩了。要是能轉戰個更寬廣的領域，我這平庸至極的文筆或許也能找到機會，綻放出某種另類的光芒也說不定。

每個人總會有自命不凡的時候嘛。

翌日晴空萬里，氣溫卻驟降至冰點以下。到市場買完菜、開了水果行的店門後，我便前往ＪＲ池袋車站搭上了山手線。在外環道上，不消二十分鐘就到了上野車站。穿過變得潔淨地教人無法置信的站內，眼前就是在高架鐵路橋下綿延的美國橫丁商店街。即使聖誕節已經過了，這條街的人潮仍會一直持續到過年。

總之，這裡熱鬧的程度還真教人讚嘆。購物人潮把寬四、五公尺的行人專用道擠得水洩不通，頭上交錯的是各家店員的嘈雜叫賣聲。觸目所及淨是新卷鮭魚、魚子、北海道蟹、煙燻火腿、烤雞、韓國烤肉排骨。這些看了教人垂涎的食材，全在詭異的紅色燈光照耀下顯得萬分亮麗可口。

不過生鮮食品只是美國橫丁的多種面相之一。年輕人應該都知道，美國橫丁原本叫做「美國橫町」，即使是現在，販賣美國風休閒服飾的店家依然遠比食品批發商要多。他們在鐵路橋下的牆面上掛滿衣架，如魚鱗排列般密集地展示著運動夾克、連帽罩衫、羽毛夾克、皮夾克等五花八門的貨色，售價也遠比百貨公司要便宜得多。

許多新款球鞋、進口T恤和牛仔褲，只有在這條街上才找得到，讓這裡順理成章地成了東京休閒服飾的集散地。理所當然的，成天都有許多穿著寬鬆牛仔褲或大了兩號的軍用大衣的小鬼，像是不符季節的飛蟲般群聚在這些店家門口。

我沿路避開人潮，朝ABAB橫大樓內的一家店走去。蜘蛛紋身的傢伙告訴我那兒就是Apollo成員聚集的地方。

Gambo是一家厚木門上嵌有生繡鉚釘的咖啡廳，位於有七層樓高的大樓一樓，店內陳設也是十足美國南方風格。走在染有油漆的木頭地板上時，球鞋的鞋底彷彿都要黏在地上似的。

一走進店內，便看到五個頭戴Apollo棒球帽的傢伙不約而同地轉過頭來望向我，但並沒看到那蜘蛛紋身的傢伙。我避開他們的視線，在吧台一角坐了下來，雖然是大白天，還是裝模作樣地點了一瓶黑啤酒，感覺自己還真像個硬派偵探。啜飲了一口酸溜溜的啤酒後，我向同樣戴著Apollo棒球帽的店長問道：

「我為一本服裝雜誌寫專欄。該找誰打聽已故的阿利的故事？」

這下我覺得自己彷彿在和一座雪山對話。他一句話也沒回，周遭的空氣彷彿全凍結了。我只好無奈地繼續說道：

「他的忌日那天，我也去過藝術劇場那裡。我認識他父親南条靖洋先生，也見到了他兒子明洋。若能採訪到些什麼，我希望能把他的故事寫下來。」

這時一個坐得最遠、蜷著身子的傢伙開口了。他蓄著墨西哥人般的八字鬍，是個生著一臉拉丁裔五官的黝黑帥哥。

「哪本雜誌？」

「*Street Beat*。」

雖然不是哪家大出版社的雜誌，但這本街頭服飾專門誌最近發行量正急速上升，大部分便利商店架上都看得到。他說道：

「那本我常看。那本雜誌最有名的專欄就是『Talk of Town』吧。你就是真島誠嗎？」

想不到竟然有人會知道我的名字。這下採訪工作可能就容易多了吧。他目不轉睛地凝視著我說道：

「你的專欄很精彩，但我們沒辦法幫你。千萬別報導任何有關阿利老大的事。這會造成我們的困擾，而且大家都已經不記得了。你也別再挖以前的瘡疤了吧！」

想不到氣氛突然急轉直下。嚇了一跳的我以黑啤酒的泡沫潤了一下嘴唇。

「這不只是你個人的意見，也是你們上野幫全體的決定嗎？」

五頂Apollo棒球帽的帽沿彷彿五張鳥喙般一同指向我，十隻眼睛的視線把我盯得渾身刺痛。他又說道：

「我們已經不想再討論任何與阿利老大有關的事。要是你還想寫，就給我滾出去！」

對方都已經這麼說了，我也不該再逗留下去。杯中的黑啤酒沒喝幾口，我就下了高腳椅。反正我原本就不愛喝黑啤酒。

採訪雖然撲了個空，但至少還是有個收穫。儘管我再遲鈍，還是感覺到已故的利洋似乎有什麼不可告人的祕密。

既然都來到上野了，我決定再多撐一下。我在電玩店與高架鐵路橋下迷宮般的商店街中遊蕩，一看到頭戴Apollo棒球帽的小鬼就上前搭訕。

向混幫派的小鬼搭訕，遠比向大美人搭訕難度還高。就連那個對自己的專欄頗有好感的讀者一被問起第一代頭目的故事，不也退縮了？

儘管美國橫丁的熱氣隨年關將近益趨沸騰，但小鬼們一聽到阿利這個名字，表情隨即降到了冰點。我四處闖蕩了四小時，問了好幾十個人，結果仍是徒然。

沒半點收穫。

直到太陽下山我才回到車站，上野公園上空已是一片毫無熱氣的橙色夕陽。我在擁擠的山手線車廂內手握拉環，眺望著這片夕陽餘暉，頓時卻感到一股鬥志再度在胸中燃起！

誰管他！既然有什麼讓大家守口如瓶的內幕，我就大膽將它踢爆吧！即使文章老是寫不好，但要像水中魚兒般悠哉地在街頭遊蕩，我可是比誰都要有自信。

我還真是個傻子呀。總而言之，一無所知果真能讓人活得比較開心呢。

我依舊持續入夜後在池袋散步的習慣。不僅如此，由於心事增加，每次散步的時間反而愈來愈長。藝術劇場後頭的露台，在忌日隔天就被清理得乾乾淨淨，一束花或一盞蠟燭都沒留下，僅剩下些許溢出的蠟依舊殘留在大理石地磚上。南条大叔即使曾與劇場管理員打通關節，依照約定，場地也只能借用到忌日當天為止。

當時露台上沒有半個人在喝酒，我看到了扶手旁的她。時間是有點早的晚上十一點半。我緩緩走向露台時，這身穿看起來暖烘烘的白色羽毛夾克的女人正將花束放向露台上。

從她彎下身時的痛苦表情看來，這女人應該有孕在身，而且從明顯凸起的肚子看來，應該沒多久就要生了。想必也曾是上野那一掛的前輩吧。只見她雙手合十佇立著祈禱了良久。我從後方悄悄向她招呼道：

「妳也認識阿利？」

她頓時動作劇烈地回過頭來。年紀大約在二十五、六歲，從優雅的氣質看來，她不像是曾混過哪個幫派，倒比較像在丸之內沿線上班的ＯＬ。我說道：

「抱歉，不是存心想嚇妳。只是我最近正四處收集在這兒喪命的阿利的相關資料。」

她朝我深深鞠了個躬回道：

「我不太清楚呢。請問這位利洋先生生前是個什麼樣的人？」

被這麼一問，反而教我不知所措。除了那位大叔，我還沒從任何一個與阿利曾有過直接接觸的人身上探聽出任何蛛絲馬跡。

「看來他很受上野幫的成員敬重，但實際情況我也不是很清楚。」

「是嗎？」

只聽到她嘴裡呢喃道，接著便朝丸井百貨的方向走去了。我低頭俯視著僅存的花束，心想剛才這女人年齡和上野幫的第一代頭目年齡相仿，或許曾有過些什麼交集也說不定。

曾有人喪命的場域真的很特別，能吸引形形色色的人前來瞻仰。要是我死在西口公園裡，不知有誰會帶花束來祭拜我？可以肯定的是，崇仔和猴子一定會帶大得嚇人的花束來，但再想下去，名單裡竟沒有半個有氣質的女人。

媽的，若是現在喪命可就太不值得了。

我在上野的調查活動已經進入了第三天。當天店裡忙得不可開交，搞得我直到日落時分才抵達美國橫丁。由於主要街道上人潮洶湧，我選擇沿京濱東北線與山手線鐵路高架橋之間的昏暗小巷移動。

這時一家串燒店沾滿厚厚一層油漬的門簾掀了開來，四個頭戴Apollo棒球帽的傢伙從店裡現身。他們在僅有兩公尺的巷子裡一字排開，擋住我的去路。對方終於開始採取行動了。我朝最中間一個最有威嚴的傢伙問道：

「看來你們終於願意和我聊聊了？」

這傢伙身上的尼龍運動夾克從肩膀到袖口繡著兩條蜿蜒的龍。只見他一臉嘲諷地回答：

「我們哪有空陪你聊。以後不准你再踏進這裡一步。聽懂了就給我回頭！」

我哪可能就這麼輕易捲鋪蓋回池袋？到現在為止已經花了好幾天的工夫，而且我非得把讓這些小鬼三緘其口的阿利的祕密告訴他老爸不可。

我放鬆渾身筋骨。四對一的情勢對自己是壓倒性的不利，不過我的目的並不是打贏。

對在街頭混的小鬼來說，暴力好比是正式交涉前的見面禮。不管在哪個世界裡，見面禮都是少不了的。除了那穿著運動夾克的傢伙依舊雙手抱胸，剩下的三個全都不知在吼些什麼地朝我衝來。

「我哪可能照辦？雖然很抱歉，就先讓這裡的兩位嘗嘗我的拳頭吧！」

第一個出手的傢伙看來還在唸高中，染著一頭通紅的短髮。他揮出右手，動作慢得一看就知道會是記直拳。我朝右閃了半步，接著一口氣轉動膝蓋和腰。上半身與彎曲九十度的手腕伴著慣性慢慢揮出。若出手流暢，不帶任何力道的出拳反而能發揮最大的威力。我揮出了一記右勾拳。這是沒學過拳擊的我唯一能揮出的必勝招式。

只感到拳頭沒碰到任何抵抗，便被吸進了對方毫無防備的腰際，打得這位紅毛仁兄縮起身子當場倒地不起。另外兩個看到這光景，第二個傢伙下意識地掩住腹部朝我衝來。我微微彎下腰佯裝要再揮出一記勾拳，一等他過來架住我，拳頭隨即像枚飛彈似的朝他毫無防備、帽沿下的額頭揮去。只見他鼻頭變得像顆被砸爛的番茄般倒向了地上。

但此時第三個傢伙的拳頭卻朝我脖子揮來。看是看見了，但我完全無法迴避這記重擊。雖然我繃緊脖子上的肌肉承受住這一拳，但衝擊還是從挨了這拳的左側傳到了腦袋的另一頭。當我兩腿發軟地倒下去時，第四個，也就是那身穿運動夾克的傢伙緊抿著嘴朝我衝來。我又揮出一記右勾拳，但閃躲已經見識過的招式對這傢伙似乎是輕而易舉。

接下來的三分鐘，我簡直快被他們打扁了，最後整個人都癱在潮溼的水泥地上，只看到鐵道橋上方的天空既冰冷又清澈。我急促地喘息著，感覺渾身開始發燙。想必今晚鐵定會全身發痛了。反正也夠本了，我已經照原定計畫把其中兩個傢伙給拖下水。對許久沒運動的我來說，今天的表現也還算不賴。身穿運動夾克的傢伙喘著氣說道：

「喂，給我聽好。以後千萬別再到上野來。我喜歡讀你的專欄，不過以後要是讓我在這裡看到你，我還是會以今天這種方式招待你一番。聽懂了沒有？這是咱們Apollo一致的決定。」

上野幫的傢伙很快就消失無蹤。原本興高采烈捧著串燒盤在一旁圍觀的醉漢，這下也紛紛鑽進門簾走回店裡。串燒店的老闆面帶不悅地對我說：

「再賴在地上不走，條子可要來啦。」

這不必他說我也知道。我靠最後一絲力氣站了起來，步履蹣跚地走到淺草大道攔了一輛計程車。明天再從頭來過吧。

當晚迷迷糊糊地混到了天亮，以免睡得太熟，搞得全身變得像個殭屍一樣臃腫。一大早我就叫了爵士計程車，準備搭車往返池袋和上野。

雖然大叔勸我這段路搭ＪＲ要來得便宜又迅速得多，我還是表示非搭他的爵士計程車不可，並請他下午兩點到西一番街來接我。看來一點也不擔心的老媽痛罵我老是長不大，但我根本不痛不養。反正我沒有一天不知道自己有多受她疼愛。

一台白色的Gloria停到了我家店門口，身穿羊毛衫的南条大叔從裡頭走出來時，老媽兩眼差點沒變成心形。噁心死啦。雅痞大叔一看到我的臉便高聲喊道：

「阿誠，出了什麼事啦！」

我滿臉都是瘀青，右眼上方還有道一點五公分的傷痕，總之還真是慘不忍睹。這也難怪，被幾個頭戴Apollo棒球帽的傢伙輪流當地毯踩，不變成這副德行才怪。坐進計程車時我才回答：

「在上野被打的。今天我要去找Apollo的頭目聊聊，所以不好意思，也拜託南条先生幫我這個忙。那些傢伙似乎極力隱瞞著什麼關於阿利的事。」

坐上後座後，我拜託他放點振奮人心的音樂。鬍子半白的大叔點了個頭，隨即行駛在年末的池袋。他放的是邁爾斯❹樂隊充斥著電子樂器音效的後期作品，我們就這麼在音量驚人的《即興精釀》（*Bitches*

Brew）伴奏下，前往上野報昨天的一箭之仇。

車子一停在Gambo門前，我就獨自走進店裡。滿臉瘀青的我一出現，店內原本嘈雜的喧譁聲馬上靜了下來。穿著繡龍運動夾克的傢伙也坐在吧台上。只見他一臉不耐煩地朝我說道：

「你苦頭還沒吃夠嗎？」

我點點頭，以下巴指了指門邊一扇木框的窗戶。儘管脖子一扭瘀青的部分就疼痛不堪，我還是像個男子漢般忍著痛說道：

「今天我可不是一個人來的，還帶了你們幫派第一代頭目的父親來。我知道你們Apollo隱瞞著什麼關於阿利的事，若還是不願意鬆口，我就去把南条先生帶上來。如何？是要和我一個人說，還是要我帶他父親進來？要是聽懂了，馬上給我連絡你們第三代頭目！」

身穿運動夾克的傢伙一臉困擾地回道：

「你這傢伙什麼都不知道，才會這麼無理取鬧。好吧，我這就去和我們老大說一聲。給我在這兒等著。」

❹ Miles Davis：樂隊的靈魂人物，爵士樂小號手、作曲家、指揮家，他於二戰後幾乎每一次爵士樂運動都扮演關鍵角色，過世前已成為爵士樂教科書級的人物。

只見他掏出手機走向店舖後頭。我又點了一杯上次沒喝幾口的黑啤酒。雖然渾身是傷時還飲酒絕對沒半點好處，但我偶爾也該裝裝硬漢吧。

身穿尼龍運動夾克的傢伙回來後向我說道：

「林太郎老大說十五分鐘後會來見你。不過他只見你一個，別讓南条大叔進來。這樣你滿意了吧？」

說完他就在我身旁的高腳凳上坐了下來，向吧台內的酒保討了一杯和我一樣的黑啤酒，並仔細端詳起我的側臉。

「你這張臉被打得真誇張呀！」

我彎起腫成平時好幾倍厚的嘴唇朝他笑著回道：

「沒錯。有些人就是愛搞誇張的勾當。」

我們湊著酒杯乾了一杯。只聽到薄如底片的酒杯撞出一記清脆的聲響。

十分鐘後，我和身穿運動夾克的傢伙步出了咖啡廳。拜託車裡的大叔再多等一會兒後，我們走在瀰漫著過年前氣氛的商店街裡。美國橫丁中央大樓是一棟小店密布的住商兩用建築，宛如一艘軍艦般矗立在美國橫丁的正中心。

穿著運動夾克的傢伙踏上艦首的階梯，領著我走到了最高的一層樓。只見這層樓擺著幾張木製長椅，以及投入百圓硬幣便能搖個三分鐘的警車和消防車等兒童遊樂器材；原來這裡是座小得可憐的屋頂遊樂園。只感覺頭上的天空既冰冷又陰沉。

木製長椅上坐著一個個頭小但感覺如利刃般敏銳的小鬼。我一走近，他便站起身來打個招呼：

「我是Apollo第三代頭目，長居林太郎。你就是真島誠吧？我也看過你寫的專欄。」

我在他對面的木製長椅上坐了下來。從印在椅背上的森永牛奶糖廣告就可看出這長椅年代有多久遠。身穿運動夾克的傢伙走到階梯那頭，以避免聽到我們的談話內容。我開口說道：

「抱歉前來打攪。可是我非得知道你們隱瞞了些什麼關於阿利的事。一方面是我個人想蒐集些資料，另一方面也是受他父親所託。為什麼你們一聽到阿利這個名字，口風就緊得像什麼似的？」

林太郎默默俯瞰著欄杆下頭緩慢移動的人潮，接著才轉過頭來回答：

「大叔告訴過你些什麼關於阿利老大的事？」

「他告訴我阿利是和他相依為命的寶貝兒子，生前待人其實很和善。這可是事實？」

林太郎微微笑著回道：

「這是事實沒錯。不過，他的和善也僅限於討他喜歡的成員。阿利老大對他不喜歡的人可是十分嚴酷的，就連曾是他左右手的第二代頭目浩志老大也吃過他不少苦頭。不消說，其他幫派和地盤的小鬼對阿利老大當然是畏懼三分。要是惹毛了他，可不知道他會耍些什麼狠，而且沒人知道他在什麼情況下會毫無預警地大動肝火。在他主事那段期間，Apollo裡頭的氣氛隨時都是一片緊繃。話雖如此，和善的時候他倒還真的很好心。比方說我妹妹住院時，他比誰都早來探病，而且送來的花多到連桌子都擺不下。」

難道利洋有不為親生父親所知的一面？不過，我泡妞時的嘴臉也從沒讓老媽見過就是了。

「每個人都有不為人知的一面吧？」

「話是沒錯。」

第三代頭目別開臉說道。

「有次阿利老大曾割下一個不聽使喚的傢伙背上的皮膚。當時他拿著一把沒磨過的刀，從那傢伙身上慢慢地割下一塊明信片大小的皮，圍觀的人裡頭有好幾個看得都吐了出來。」

我聽了簡直說不出話來。原來世上真有這種完全無法想像他人痛楚的怪物。林太郎抬起頭來，以Apollo棒球帽帽沿下的雙眼望著我問道：

「而且，你應該不至於會打女人吧？」

我馬上回道：

「阿利會嗎？」

林太郎聳了聳肩，舉頭望向美國橫丁的上空。

「對。尤其是和他同居的晴美大姊，更是常被他修理得很慘。每當這種時候，浩志老大就出手勸阻，所以連他也常遭池魚之殃。」

我原本的凌人盛氣這下萎縮到了最低點。林太郎語調悲愴地繼續說道：

「Apollo原本就是個強大的幫派，但讓我們的勢力擴大到今天這個局面的，其實是第二代頭目浩志老大。要是沒發生那件事，讓利洋老大繼續主事下去，Apollo可能早就瓦解了。想必我現在也不會還留在這裡。」

這下我也只能舉頭眺望美國橫丁烏雲密布的上空。第三代頭目說道：

「阿誠，我能告訴你的就只有這麼多了。若你還有什麼非知道不可的，就直接去問晴美大姊吧。只要我先打個電話告知，想必她什麼都會告訴你的。」

說到這裡，他拍拍灰色工作褲的屁股站了起來。

「要怎麼利用你問到的真相是你的自由，不過，告訴那位大叔時可千萬得小心點。想必你也沒必要對他已故的兒子造成二度傷害吧？」

「有道理。」

如此回答後我也站了起來，和林太郎並肩倚在欄杆上。

「我會小心的。抱歉造成你們的困擾了。」

第三代頭目的臉上首度浮現一絲笑意。混幫派的女生要是看到他現在這可愛的笑容，肯定統統都要給迷昏了。

「那傢伙告訴我你的右勾拳挺厲害的。等你把這次的事情解決了，再到上野來玩玩吧。也和我們聊聊池袋幫有哪些夠屌的高手。」

「多謝了。」

我緊緊和他握了個手道謝。走回階梯時，我發現身穿運動夾克的傢伙已經不見蹤影。在走回美國橫丁的路上，我心裡一片鬱悶。

這下該怎麼向大叔說？不過在此之前，我得先去找一個人。

那就是曾和利洋走得最近，還幫他生下一個孩子的女人。我按下林太郎給我的號碼，走向爵士計程車停靠的大馬路。

我和晴美相約在西池袋的幼稚園碰面。這時她正好打完工，要騎自行車去接孩子。她說要是看到爺爺也一起來，明洋肯定會很開心的。

計程車在混亂的大馬路上朝湯島的方向右轉。看到我的表情，大叔問道：

「怎麼了，事情談得不順利嗎？看你好像心情不大好？」

我整個人倚在椅背上要求道：

「噢，只是累了點罷了。回家路上能來點安靜的音樂嗎？」

只聽到喀喳喀喳的玻璃杯互撞聲，接著又傳來沉靜的鋼琴聲。即使對爵士樂懵懂無知的我也知道這首曲子。這是比爾．伊文三重奏（The Bill Evans Trio）的〈獻給黛比的華爾滋〉（*Waltz for Debby*），是在我出生前很久在Village Vangard❺現場錄音的曲子。

在回西池袋沿途的三十分鐘裡，我和大叔都沒講幾句話。

我眺望著大樓排列得密密麻麻的都心風景，沉靜地聆聽鋼琴聲。這音樂和冬日枯木與灰色的天空還真搭調呀。

健康幼稚園（不是開玩笑，這兒真的叫這名字）位於西池袋五丁目的金華堂旁。計程車在門外停下後，我們便在車內等待晴美到來。南条隔著車窗望著在園內忘情嬉戲的明洋。這種時候到戶外玩的孩子沒幾個。大叔沉靜地說道：

「人說孩子無罪，也不知是不是真的。阿利這傢伙也曾經是這種年紀，到頭來還不是在不知不覺間成了混混。阿誠，你也別搞得你老媽掉眼淚喲！」

雖然被搞到掉眼淚的是我，我還是默默點了個頭。我試著想像自己還認為世界只有溜滑梯、盪鞦韆和沙坑的童年歲月是什麼模樣，但我已經到了想不起這些事的年紀了。

過沒多久，便看到晴美騎著自行車從馬路那頭過來。一看到她，南条便打開車門步出了計程車。

「在車裡坐太久了，就讓我出去舒展一下身子吧。你們可以在車子裡聊，我暖氣會開著。」

南条在車外和她聊了兩、三句，隨後晴美便坐進車內後座來。我稍微往內側移動，好為她騰出一個位子。

「突然把妳找來，真是抱歉。大致上的情況第三代頭目都已經告訴我了，現在我想知道的只剩一件事。妳若不願詳細回答也沒關係，如果答案是YES，妳只需點個頭就行了。可以嗎？」

只見她蓬鬆的頭髮垂到了頸子上。晴美和利洋年齡相仿，今年應該也是二十六歲。看來生活已經把她搞得疲憊不堪，臉上的化妝品似乎都是從大榮超市還是伊藤洋華堂買來的。儘管如此，昔日的美麗面影還是彷彿日落十分鐘後的天空般依稀殘存。我一說完，晴美的表情便緊繃了起來。

---

❺位於紐約格林威治村的經典爵士俱樂部。

「明洋並不是利洋的，而是第二代頭目浩志的孩子。對不對？」

晴美並沒有看向我，兩眼依舊望向窗外。身穿羊毛衫的南条倚在幼稚園的柵欄外，柵欄內的明洋正向心愛的祖父炫耀一片宛如他手掌大小的枯葉。晴美泛起一絲微笑點了個頭。

「沒錯。這孩子是浩志的。浩志常為了救被修理的我，連帶也挨他揍。阿利發起脾氣來就像颱風似的，不管對男、女，還是小孩統統絕不手軟。我倆因為同病相憐，常在一起互相安慰，過沒多久就開始瞞著阿利私下約會了。」

這下我終於了解了。一提到阿利，Apollo成員的口風就變得這麼緊，全是為了保護第一代頭目的名譽，並守住第二代頭目夫人與明洋生父的祕密之故；相信所有高層幹部都知道真相吧。這時晴美問道：

「知道真相後，你打算怎麼做？要把一切告訴我們家爺爺嗎？」

只見她以試探的眼神望著我。想必還有什麼我不知道的內幕吧。

「噢，我會編個理由隱瞞的。有時候人還是不要知道真相比較好。」

晴美露出一個悲愴的笑容回道：

「不過，有時連我自己都會迷失。尤其是看到他這麼疼愛明洋時，真恨不得能把真相告訴他。我真想向他全盤托出、向他道歉，並向他吶喊明洋其實是別人的孩子。」

我凝視著晴美的雙眼。這女人還真是深不可測，想必應該還有什麼其他事瞞著我，表情卻能如此平靜。

「我保證不會告訴南条大叔。若妳還有什麼不吐不快的事，不妨全告訴我吧。反正我們日後應該不會再碰面了。」

這時身穿被洗得鬆鬆垮垮的運動服的她，兩眼在昏暗的計程車後座突然散發出嚇人的光芒。晴美以彷彿恢復昔日太妹時代的淒厲嗓音說道：

「你哪可能懂什麼？往後的數十年，我都得帶著許多祕密，伴著我的孩子、他的爸爸、他的爺爺和已故阿利的回憶活下去，哪可能像你寫的文章那麼簡單？沒有截稿期限、沒有文末結尾，這就是血淋淋的人生。」

論誰都會有鬱積已久的情緒突然爆發的時候。也不知道她是不是今天打工時有什麼不愉快，還是對生活的一切都已經不再有任何留戀。現在我根本無須開口，只要靜待晴美自己把話全盤托出就行了。即使在她眼前的不是我也無所謂，現在的晴美不管對誰都會鬆口說出蘊藏心中的祕密。只不過此時在她身邊的碰巧是我罷了。

「五年前的那一天，我告訴阿利我想分手，因為我愛上了另一個男人。阿利一聽，脾氣就失控了。可是我從頭到尾都兩眼直視著他，不管他怎麼打我，我都是死命保護著肚子忍受。打到一半，阿利似乎也注意到了。他突然恢復冷靜，問我為什麼一直抱著肚子。」

晴美的雙眼裡彷彿即將颳起一場暴風雨，只見她瞳孔的顏色變得愈來愈澄澈深沉。我可以想像阿利當時可能問了些什麼，但完全無法想像那傢伙聽到晴美的回答後會有什麼反應。

「我告訴他我懷孕了，而且肚子裡的孩子並不是他的。」

我嚥下了一口口水，幾乎要在計程車狹窄的後座發出一陣悲鳴。我以變沙啞的嗓音問道：

「阿利怎麼做？」

晴美已經是淚流滿面，直望著空蕩蕩的前座。

「他飛也似的衝出了我家。當時我住在立教大學後頭一棟舊公寓裡。看到他離開時的表情實在太沉著，我擔心得追了出去。第一個發現阿利倒在露台的就是我。報警後，我突然開始害怕起來，直擔心這是不是浩志下的手。」

我望向窗外的南条大叔那壯碩中帶點溫柔的背影。想不到這樣的人竟然會生出阿利這種暴君。

「結果不是？」

「對。我馬上打手機給他，才確定浩志當時在神樂坂的一處貨車裝貨站。頓時我好安心呀。後來阿利被救護車載走，到了早上不治身亡時，我雖然十分震驚，但同時也非常安心，心想這麼一來，就不必再擔心浩志會被阿利給殺了。」

說到這裡，晴美突然挺直了背脊，整理了一下騎車時被吹亂的頭髮，斬釘截鐵地說道：

「我能說的就只有這些。現在該去接明洋回家了。」

這下她已經恢復了一個母親該有的表情，變化快得教我有點驚訝。把該說的話說完後，她竟然能像來到斷崖邊緣突然止步般放下原有的激動情緒。此時她的心中已如池袋空蕩蕩的冬日天際般空無一物。難道晴美原本就是這麼一個人？還是斷崖的另一頭其實還有一面高聳的絕壁，她不過是把我帶到這座絕壁的底端罷了？

無論如何，從她這裡應該已經不可能再套出些什麼了。晴美打開車門，走向幼稚園大門，滿臉笑容地抱起剛換好鞋子的明洋。

一無所知的孩子就是一道牢不可破的防壁。

接下來爵士計程車內頓時熱鬧了起來，讓人完全嗅不出一絲原有的灰暗氣氛。這下播放的音樂已經換成了氣氛歡樂的紐奧良某銅管樂隊的曲子。晴美的自行車被塞進了車尾廂，後座坐著晴美與明洋母子，我則移到了助手席，隨爵士計程車在池袋的住宅區中悠閒徐行。

南条想必真的很愛開車。他先在立教大學周圍繞了兩圈，才駛往晴美母子居住的公寓。那是一棟沒有電梯的三層樓公寓。我先將自行車從車尾廂中搬出，接著才離開了停車場。南条抱起有二十公斤重的明洋飛也似的奔上了樓梯。就在我和晴美肩並肩抬頭朝樓梯上頭仰望，聽著明洋的歡呼聲從上頭傳來時……

「晴美小姐，我收到了一些年禮……」

有人從我們背後說道。一聽到這女人的聲音，晴美的表情頓時變得宛如一個木頭人般僵硬。就連當年告訴阿利她懷孕時，表情可能都比不上這時緊張。

晴美惶恐地以餘光望向我，彷彿在確認我是否也注意到了背後這個女人。我默默地回過頭去。公寓大門內鋪著色澤明亮的茶色地磚，敞開的玻璃門上掛著一只賀歲的門飾。只見一個穿著圍裙、身材高䠷的女人，手提一只白色塑膠袋站在這個平凡無奇的公寓大門的門廊內。她就是那個在忌日隔天到露台獻花的孕婦。

大概是把我的背影誤認成浩志吧。只見她那氣質高雅的臉龐霎時變得一片蒼白。帶著水果到近鄰好友家分送年禮，難道會讓人產生罪惡感？她朝我輕輕點頭致意：

「我們上次見過了。原來您是晴美小姐的朋友？」

晴美趕緊搪塞道：

「不是啦，真島先生是明洋爺爺的朋友。」

我可以感覺到晴美正以眼神向這女人示意些什麼。原來握有所有答案的並不是晴美，而是這個女人。晴美沒把整個經過告訴我就突然止住話，想必是為了保護這個女人吧。我也知道再追查下去也只能像挖口廢井般挖出一堆臭水，但還是問出了這個無聊的問題：

「晴美小姐，若如妳所說，在五年前那天，妳是第一個發現利洋倒地不起的，當時妳可曾目擊到些什麼？」

和這個大腹便便的孕婦交換了好幾次視線後，晴美這才回道：

「這……是沒看到什麼啦，都已經過了五年，當時的情況我也想不起來了。阿誠，事情就到此為止吧。我都已經告訴過你阿利是個什麼樣的人了。」

最後這句話不是說給我聽的，而是說給這個身穿格子圍裙、緊張得渾身僵硬的女人聽的。我自我介紹道：

「我叫真島誠，家在西一番街賣水果。」

只見這女人彷彿在真空中呼吸似的開口閉口了好幾回，接著才吞吞吐吐地回答：

「我叫松岡未佐子。」

接著便死了心似的露出了一個笑容，並直視著我的雙眼說道：

「我家也住在西池袋二丁目這一帶。好了，晴美小姐，請收下這些蘋果吧！」

晴美一臉呆然地收下了這只塑膠袋，先是以無法置信的表情看了看這個女人，接著神情失落地默默走上了樓梯，看也沒回頭看我一眼。而穿著圍裙的女人則挺直背脊走出了大門。

我也沒向大叔道聲再見就離開了這棟公寓。這下真不知該如何是好了，心裡的感覺就像晴美稍早提過的，巴不得能把一切真相向大叔全盤托出。

這五年前的祕密果真是個從天而降的重擔，壓得我走起路來都步履蹣跚。

⚜

我就這麼走向不遠的西池袋一丁目，目的地是近在咫尺的西口公園。對我來說，那兒就是倦鳥該回的巢。在我不知該如何是好、迷惘該往哪裡去時，都會在那兒的圓形廣場找張長椅坐下，讓四周的風景撫慰我的心。

這個單純的心理療法，至今已助我度過不知幾次的危險和挫折。我先在那兒放鬆心情三十分鐘，然後又利用接下來的三十分鐘仔細思索。如此過完一小時後，我掏出手機，按下快速鍵撥了露台那面告示板上印有的號碼。我的手機裡有兩個那兒的號碼，現在撥的是給官位較大的那個。

橫山禮一郎署長是我兒時的玩伴，後來一路唸到東大法學部畢業，進入警視廳後依然是個前途無量的人材。一起喝酒時他在酒錢上也是毫不吝嗇。接通後，聽到這個年過三十的署長以下班後的悠閒語調說道：

「是阿誠呀。今晚甭想找我喝酒啦，我得和一個美如天仙的司法研修生去約會呢！」

我已經沒力氣理會他這個玩笑了。

「幫個忙吧，只要五分鐘就好。拜託你在舊資料裡幫我查一個人。」

禮一郎變臉的速度比起池袋的幫派分子毫不遜色。只聽到他馬上變了個嚴肅的口吻問道：

「哪樁案子？」

「五年前發生在藝術劇場後頭的凶殺案。我想知道那第一目擊證人的女人說了些什麼證詞。」

署長嘆了口氣說道：

「你又插手什麼麻煩事了吧？我知道了。稍晚打手機告訴你。」

我突然覺得想哭。原本在我心裡，好人和壞人是境界分明的，但這次似乎不再是如此。身為一個過路者的我能做些什麼？兩個背負著難以承受的祕密的女人，和一個失去了兒子的父親。到底該怎麼做，才能不毀了他們任何一個的人生，讓整件事完滿解決？

雖然頭頂上的是一片熱鬧的霓虹燈光，坐在鐵管長凳上的我卻凍得渾身僵硬。要是被哪個不認識我的人看到了，想必會把我當成一尊新的公共雕塑吧。

二十分鐘後，我接到了禮一郎打來的電話。

「喂，欠我的人情可得記著。被你這件事搞得我約會要遲到十五分鐘了。」

「知道啦，下次我會請客。」

「怎麼聽起來無精打采的？阿誠，你還好吧？」

哪可能好？我已經是滿目瘡痍了。昨天才被四個上野的街頭混混圍毆，今天又從兩個女人那兒接到一個沉重得難以承受的祕密，身心的創傷都已經超越忍耐極限了。

「聽好囉。第一目擊證人是上田晴美，二十一歲，是死者南条利洋的未入籍的妻子。目擊者表示，當時曾在死者倒地的劇場後方階梯一帶，看到一對年輕男女逃離現場。兩人都是大學生打扮，男方身高約一七五，女方個子也高䠷，約有一七〇左右。這樣夠了吧？是不是查到什麼和凶手有關的線索了？」

我的耳朵已經聽不進禮一郎最後幾句話了。這下我滿腦子都是那個身穿白大衣的女人，她的身高的確差不多有一七〇。我回道：

「沒有。這樣就夠了。看來是我想太多了。那祝你約會愉快囉。掰掰！」

手機那頭的池袋警察署長似乎還想說些什麼，但我也沒理會就掛斷了電話。接著我動作呆滯地從長椅上站了起來，像個木頭人般走回家去。

⚜

隔天是一年裡的最後一天。就連我家的水果行生意都好得不得了，搞得我終日無法脫身。整整一天我只能花一點點時間處理阿利的案子，我打了通電話給南条大叔，相約在露台碰面。緊接著又打了通電話給晴美，告知我將和明洋的爺爺碰頭，但她不必擔心。電話那頭只聽到她的小兒子正在高聲唱著《湯瑪士小火車》（*Thomas Really Useful Engine*）的主題曲。晴美問道：

「為什麼我不必擔心？」

這下我罕見地老實回答：

「全都怪我愛管閒事，掀開了一只不該打開的箱子。所以，南条大叔那裡就由我找個理由妥善交代吧。從今以後也請讓明洋好好當個爺爺的乖孫子。」

晴美沉默了好一會兒。《湯瑪士小火車》的主題曲已經唱到第二段了。

「謝謝你。我也會向未佐子小姐轉達你的好意的。」

「那就拜託妳了。真相果然還是別問到底的好。過年時，我會帶著我家的水果去拜年的。」

晴美向我道了聲謝；其實我根本沒做過任何值得她道謝的事。接下來我就再度專心照顧起生意來了。雖然老媽為我滿臉瘀青站在店裡頗為不悅，但這裡可是池袋西一番街呢。管我臉上是綠還是紅的，也不會有哪個客人在乎。

除夕夜裡，我家的水果行直開到紅白大賽播完才打烊，一過午夜便叫了天婦羅蕎麥麵的外賣到店面後頭吃。每年一到這個日子，外賣都會改用保麗龍的免洗碗，盛在這種容器裡，即使是同樣的麵，口味也都要被糟蹋了大半。老媽不愧是老派，還專程為我換只家裡的碗（據說這是唐津某名陶藝家的作品，老媽在一些古怪的小細節上可是十分講究）來盛麵。

「新年快樂。」

我這麼向她拜了個年，換上和服的老媽也在店裡向我鞠了個躬，並以同樣親切的口吻向我拜年回禮。二十年來咱們家的年就是這麼過的。

我之所以被教得如此彬彬有禮，也是有理由的。

元旦那天，我躺著看了一整天大同小異的賀歲節目，也享用了從西武百貨地下街買來的賀歲料理。整整一天，我都在苦思該編什麼理由向南条大叔解釋。我是很會撒謊，但並不喜歡撒這種教自己事後笑不出來的謊。因此要我編這個粉飾阿利為人的謊，只會讓我感到萬分沉重。

晚上差十分十點時，我告訴老媽要出門一下。從我家到藝術劇場步行只需五分鐘。我先向停在浪漫通上的移動花店買了一束白色百合，才出發前往約定地點。

我從大老遠就看到了露台。原因是那兒和我第一次見到大叔時一樣，再次出現點點隨風搖曳的燭光。許多放年假的行人興高采烈地帶著酒意打露台旁走過。

我把百合堆到大叔帶來的花束上頭，從口袋裡掏出和初次見面時同樣的罐裝咖啡。南条大叔調皮地抬起雙眼看著我，並笑著說道：

「你還準備得挺周到的嘛。」

我在大叔身旁坐了下來，不敢正視他，輕聲說道：

「因為我到頭來還是沒幫上任何忙呀。瞧瞧我還搞到被打成這副德行，怎麼算都不划算。」

這就是我所做出的結論。大叔筆直地凝視著我說道：

「關於我家阿利，我也聽過一些負面的傳言。打從他唸中學起，我就常去上野警察署保他出來了。

不過算啦，我相信你所說的一切。」

爵士計程車的司機說完便害臊地笑了起來，並把視線移向燭光上。等會就回家去吧，蓋上棉被睡頓好覺，明天一醒就什麼都會忘了。就在這個當下，我聽到了坦承一切真相的女神的聲音。

這次，這溫柔的聲音已經教我再也無法忍受了。

「兩位好。」

那聲音沉靜地說道。我連忙回過頭去，看到一個身穿白色羽毛大衣的女人，後頭還站著一個上班族打扮的溫和男人，站在稍遠一點的則是晴美。我以目測量了量這對男女的身高，分別是一七五和一七〇。穿著白色大衣的女人捧著即將臨盆的肚子深深鞠了個躬說道：

「我是松岡未佐子。這五年來，我每天都過得戰戰兢兢的，深怕真相哪天會被人發現。對不起，那晚把利洋先生推下階梯的，就是我。」

我目不轉睛地凝視著南条大叔的側臉。只見他原本困惑的表情先是轉為驚訝，接著又在視線落到她的大肚子上時轉為同情。南条大叔問道：

「我聽不大懂。把事情從頭到尾說明白吧。」

這下換成晴美站了出來。想必是剛去神社參拜回來，她身上穿著過時的套裝，上頭還披著一件毫不起眼的黑色大衣。我向她搖頭示意，但露出微笑的晴美完全拒絕了我的死命勸阻。

「那晚，我向阿利坦承想和他分手。我一直不敢讓爸爸知道，其實阿利在家裡十分粗暴。我成天挨他打，身上的瘀青一整年都沒消過。即使如此，我還是礙於恐懼不敢和他分手，直到遇見了一個真正讓我心動的男人。」

南条平白的平頭幾乎垂到了地磚上，朝地面吐出了一句：

「那個男人就是浩志嗎？」

兩眼望向前方的晴美這下已是淚眼婆娑，滑過黑色大衣的淚水一滴滴落到了露台上。

「是的，就是浩志沒錯。浩志願意聆聽我傾訴一切痛楚，待我也是溫柔得沒話說，從來沒出手打過我。當年，任何不會毆打我的男人，在我的眼裡就算是夠溫柔的了。」

南条在露台上端坐起身子，朝晴美低頭致歉道：

「原來如此，真是對不住呀。我家這不孝子竟然這麼糟蹋妳……」

說到這裡，大叔帶著惶恐的眼神抬起雙眼問道：

「不過，明洋終究還是利洋的骨肉吧？」

已是泣不成聲的晴美答不出半句話來，只能拚命搖頭。看來南条大叔這下已經完全明白了，只見蜷起身子來的他，這下身影似乎顯得更渺小了。

「明洋他……明洋他不是我的孫子。我知道了……我知道了……」

只聽到已經欲哭無淚的大叔不斷重複著這句話。最後他以溫和的口吻問道：

「這位小姐又是為什麼把阿利推了下去？」

未佐子似乎一切都豁出去了，在場就數她最冷靜。

「我們只知道我們所看到的，因此這或許只是我們片面的看法……」

依舊端坐著的南条大叔微微點了個頭。

「那晚，即將結婚的我和我先生剛約完會，正前往計程車乘車處準備叫車回家。當時我倆在這露台上和一個一臉凶相、快步走來的人擦身而過，我先生不小心撞到了他的肩膀。對方什麼話也沒說，就開始朝我先生一陣痛打。我試圖勸阻，他卻使勁把我推開，不斷揮拳把我先生打得抱頭倒地。我高聲呼救，周遭卻不見半個人影。因此我只好使勁撞向他。當時並沒有要害死他的意思，一心只想將這個凶暴的男人從我先生身邊撞開。」

南条朝未佐子身旁的男人問道：

「她說的可是真的？人真的不是你撞的嗎？」

上班族打扮的男人只是默默地搖搖頭。正在以手絹拭淚的晴美這下開口說道：

「當時我並沒有看到阿利被撞開，但是的確有聽到求救聲。由於我一心希望凶手不要被抓到，因此從沒告訴任何人我看到了未佐子小姐的長相。」

未佐子彎下高眺的身子，在南条大叔面前跪了下去低頭致歉，頭低得簡直要撞到露台地板上。看來她也無法再保持冷靜了。抬起頭來時，她兩眼已是紅通通的。

「我曾經有好幾次打算去自首，但當時正好在準備應徵工作的考試，同時也不想連累我先生。當時我們兩家已經訂好婚約，準備一畢業就讓我倆完婚。對不起，我只顧著考慮我自己，更對不起的是，這五年來一直沒像今天這樣當面向您謝罪。求求您原諒我。」

說到這裡，似乎再也按捺不住的未佐子已是泣不成聲。這下她先生走到她身旁，跪下來摟住了她的肩膀，夫婦倆一起朝大叔磕起頭來。她先生說道：

「我知道這要求或許很無理。下個月五號就是孩子的預產期，因此，求求您再給我們三個月的時間。畢竟在警方的拘留所中來到人世，對沒有罪的孩子來說實在是太殘酷了。只要讓未佐子平安生下孩子，讓我們度過孩子最需要母親的這段時間，我們就會去自首。求求您給我們一家人一點時間吧。」

男人這下也顧不得在場眾人的目光，開始一把鼻涕一把眼淚地痛哭了起來。就連南条大叔也開始窸窣落淚。而我更是把一年份的眼淚全給灑到了短大衣上，把這件才買沒多久的新衣搞得整件溼答答的。周遭看得到的只有和煦的燭光，聽得到的只有我們的啜泣聲。

彷彿端坐得全身僵硬的大叔，望著白色花束輕聲問道：

「你們兩位姓松岡是吧？父母都還健在嗎？」

松岡夫婦一同點點頭。依然正襟危坐的南条大叔見狀也不斷點著頭說：

「我知道了……我知道了……」

「孩子一旦生下來了，也不能讓他沒母親吧。孩子是沒有罪的。你們就平安把孩子生下，好好把他撫養長大。」

接著大叔又轉身面向花束與蠟燭，低頭說道：

「一切都怪我這個笨老爸。阿利呀，到頭來我還是沒能把你教好。而且原本雖然連做夢都會夢到，如今卻連這個仇都沒辦法為你報。我果真是個沒用的老爸呀。等我也到那兒去，馬上就會向你賠不是。沒看到我以前，你自己就先在那兒讓腦袋冷靜冷靜。」

淚流滿面的大叔抬起頭來，朝跪在他眼前的年輕夫妻說道：

「就當我沒聽到你們剛才說過的話，好好把孩子生下來。千萬別重蹈我的覆轍喲。難怪呀，我每年都好奇忌日過了為什麼還是有人上這兒來獻花，原來那些花是你們的呀。」

未佐子邊哭邊點頭。

「我知道了……這樣就行了。」

南条大叔繼續說道：

「只要你們往後還是每年都來獻花就行了。犯不著逼你們去自首，又破壞了一個家庭的幸福。來吧，大家都快凍僵了，趕快回家好好泡個熱水澡吧。晴美，妳也回去吧。千萬別把身子搞壞囉。」

這下我也準備離開現場，畢竟這種悲傷氣氛實在教人難熬。但南条大叔這時卻抬起頭來，以依舊熱淚盈眶的雙眼望向我笑著說道：

「喂，阿誠，你先別走。今晚就留下來陪陪我吧。」

當晚我坐在爵士計程車的助手席上，大叔坐在駕駛席上，漫無目的地遊了一整晚的車河。若是能稍稍撫平同時失去了兒子和孫子的南条大叔的悲痛，即使花了我年假的一晚，也沒有什麼好計較的。

不論是曲調激烈還是悲傷的爵士樂曲，我們都不想再聽了，此時只想聽些大三和絃的曲子。後來我點了那天從上野回來的路上播放的比爾．伊文。伴著拉法羅（Scott LaFaro）響亮的貝斯，伊文那以宛如秋日落葉般緊緊相連的短促鋼琴聲傾瀉而出，又是那首〈獻給黛比的華爾滋〉。

我們就這麼隨車在為了過年洗盡所有塵埃的東京市內遊走。池袋、新宿、上野、秋葉原、御茶水，每個地方我都喜歡。不管大叔已經打上回送的燈號，大吵大鬧地在馬路邊遊蕩的醉漢依然朝我們的計程車招手。

「這樣的安排真的可以嗎？」

大叔數度徵求我的意見。其實我沒有南条大叔這麼堅強，也不確定他這安排是否真的妥當。但我還是強裝堅定地問道：

「要是再碰到一次同樣的情況，相信大叔還是會做出同樣的決定吧？」

這位個性開朗的爵士計程車司機面有難色地回答：

「對呀，想必還是會像剛才那樣哭得唏哩嘩啦的，最後還是強迫自己做出這種決定吧。」

我眺望著窗外景色說道：

「如果我是大叔的兒子，一定會以你這個爸爸為傲的。」

「是嗎……是嗎……」

從嗓音也聽得出他又開始落淚了。我腦子裡已經什麼都沒辦法想，只能聽著鋼琴三重奏，眺望一整晚在車窗外流逝的東京夜景。

新的一年的第一天就這麼過去了。到了黎明時分，我沒在家門口，而是在西口公園旁下了計程車。只看到朝陽在東武百貨那宛如一座鏡子砌成的階梯般的牆面上閃爍著。

我揮舞著雙手向加速駛離的爵士計程車道別。雖然還不知道這新的一年裡將會碰到些什麼，但只要能像這位身穿羊毛衫的大叔般勇敢，不管碰到什麼事都不會被難倒吧。

　　我吹著口哨，穿越降霜後看來宛如溜冰場的圓形廣場走向家門。曲子當然就是迎接那位即將降臨人間的孩子的〈獻給寶貝的華爾滋〉（*Waltz for Baby*）。

池袋ウエスト
ゲート
パーク

黑色頭罩之夜

有時，整條街會在一個晚上褪去色彩。原本五顏六色的街景，會變得只剩水泥的灰與柏油的黑。褪去的是金、銀、紅、黃、紫，以及與金髮十分匹配的鮮藍。這些顏色平常大家都看習慣了，所以一旦從街頭夜景中褪去，也沒有一人會注意到。

不懂我的意思？若你是個愛玩的人，哪可能聽不懂？我指的是每晚點綴著ＪＲ池袋車站北口前的賓館街，那些來自世界各國正值盛開時節的名花。讀者諸君中，想必也不乏常照顧她們生意的吧？要不是做生意，這些名花哪可能願意在冰點下的寒冬夜裡站一整晚。賣花可是件累人的差事呀！

在池袋，不論是來自俄羅斯、羅馬尼亞、哥倫比亞、智利，還是其他國家的女人，彼此都守著劃分妥當的地盤各自營生。而這幾十個我在夜裡散步時都會看到的女人突然悉數消失，是去年入秋時分的事。那晚我出門喝酒後，在歸途中驚訝地發現除了賓館街亮著幾盞燈光之外，竟然沒有一個女人站在街上。那原本是我從小就看慣的景象，這些只會以隻字片語的日語朝來客大呼小叫的女人，沒想到竟然悉數消失無蹤。

我對特種行業並不熟悉，因此完全想不透這些女人都上哪兒去了。不過她們裡頭有個人很和善，也常上我家店裡買水果。這位羅馬尼亞小姐曾這麼對我說過：「日本的水果看起來很好吃，但吃起來卻也沒什麼大不了，和日本的女人一個樣。阿誠呀，我們羅馬尼亞的女人看起來、吃起來都一樣可口呢，來試試看吧？會算你便宜一點的。」說完就向我投以一個梅格．萊恩般的媚眼。

我被她說得有點心動了。但在我來得及下定決心以前，她就已經不見了。雖然覺得有點可惜，但想想也沒什麼大不了，只要她仍在哪個取締比較不嚴格的地區好好做生意就好。不是嗎？從一個地方消失的東西，總會在另一個地方出現。而消失的人該賺的，總會掉進其他哪個幸運兒的荷包裡。

失去了這個二十六歲的羅馬尼亞人後，在流鶯消失得一個都不剩的入春池袋街頭，我又遇到了一個十四歲的緬甸人；羅馬尼亞人是個女的，但這位緬甸人則是個男的。不過兩人做的同樣是不該做的生意：賣花，也就是賣春。

有時想想，不如乾脆把我這不知該怎麼利用的青春也給賣掉算了。

我蹲在鋪著不防水地磚的人行道上，以水果刀將挫傷的鳳梨去皮切塊。三月中旬的和煦陽光把我的背曬得暖烘烘的，老爸祖傳的鋒利水果刀，切起果肉來簡直像在切水似的。

變茶色的爛果肉一塊塊被我扔進紙箱裡。就在我切好準備伸手取竹籤時，這小鬼彷彿從天而降似的，突然在我身旁一屁股坐了下來。

他一張黝黑的臉龐、一對圓圓的眼睛，臉頰也是圓滾滾的，摸起來想必十分柔軟。他身穿在折扣店一件要價僅三百八十圓的化學纖維長袖白襯衫，配著中學制服的黑色長褲。襯衫裡頭是一件藍白條紋相間的長袖T恤，看起來也是同樣廉價。只見他毫無戒心直朝我傻笑，讓人懷疑他腦袋是不是有問題。隨後他以小鳥般的嗓音向我問道：

「請問，這紙箱裡的鳳梨是要扔掉的嗎？」

他講日語時口音怪怪的，聽來像是來自哪個東南亞國家。我望向果蠅開始群聚的爛果肉回道：

「是呀。」

男孩羞怯地問道：

「那麼，能不能給我？我想拿回去讓妹妹們吃。」

我望著這滿臉通紅、不斷擠出笑容的男孩。他腳下穿的也是一雙把那赫赫有名的勾勾LOGO縫錯一個字母的仿冒NIKE球鞋。

「要是不嫌棄，就拿去吧。」

男孩在胸前合掌，朝我微微低頭一拜，讓我覺得自己彷彿成了尊上了金漆的佛像。

「謝謝您。請問您叫什麼名字？」

我告訴了他自己的名字。男孩在嘴裡反覆唸了幾次。

「下次去廟裡時，也會順便為阿誠先生祈福的。謝謝您了。」

男孩抱起四角被裡頭溢出的果汁染得黑黑的紙箱，也沒告訴我他叫什麼名字就離開了。根據統計，豐島區的人口到今年元旦為止約有二十五萬人，其中十人裡頭有一人是外國人。在入春的池袋，想必以後也沒機會再問他的名字了。反正和異國小鬼邂逅這類的事，在這裡是稀鬆平常。

出乎我的意料，這男孩隔天又到我家店裡來了。他依然穿著同樣一套衣服，羞怯地在店門口傻笑。難道他沒去上學？我不耐煩地問道：

「喂，今兒個又怎麼啦？」

男孩再度向我合了個掌回道：
「我媽媽要我來向您道聲謝，順便……」
只見他直盯著自己腳下綻開的鞋頭，面有難色地說道：
「……看看今天能否拿些香蕉回去。對不起，我們家實在很窮。」
他的誠實逗得我不由得笑了出來。環視店內，我看到成堆染上黑死病的瀕死菲律賓香蕉，正以一串五十圓的標價躺在簍子裡。我也開了個玩笑朝他合掌膜拜，感覺連自己都要變成一個虔誠的小乘佛教徒了。
「我們家也好不到哪裡去啦。你連五十圓都沒有嗎？」
男孩聽了連忙搖頭回道：
「有是有，可是不能用。好吧，那今天抱歉打擾了。」
我朝道完歉正準備離去的男孩喊道：
「先別走嘛！你是從哪裡來的？叫什麼名字？」
這個子矮小的男孩一聽馬上回過頭來，表情頓時豁然開朗了起來。
「我是從緬甸來的，名字是薩亞・索森奈。」
我把堆積如山的香蕉倒進白色塑膠袋裡，遞給了男孩。
「好了，薩亞，拿去吧。」
這時我看到了一個難以置信的光景。這個來自緬甸的少年在西一番街骯髒的人行道上跪了下來，雙手合掌虔敬地朝我磕了個頭。這還是我這輩子第一次被人如此對待，教我看得目瞪口呆。在這春日和煦陽光的照耀下，彷彿只有薩亞周遭的空氣被淨化得一塵不染，就連路人都驚訝得紛紛繞道而行。男孩一收下塑膠袋，便朝西口五叉路的方向離去了。回到店裡，老媽向我說道：

「阿誠，你這是在做什麼？該不會連最值錢的哈密瓜都要免費奉送給他吧？」

我朝這毫無慈悲心腸的笨女人合了個掌。

「不過是五十圓一串的爛香蕉罷了。當是香油錢豈不是很便宜？這麼一來他還會順便為我們祈福呢！」

老媽以冷酷殺手般的眼神瞪了我好一會兒，接著便爬樓梯上二樓去了。看來宗教信仰果然是得冒死捍衛的。

翌日起，在處分已沒賣相的水果時，我都會先不經意地檢視是否還能吃。不只是爛掉的鳳梨和香蕉，還包括沒賣完的草莓，以及被壓扁的柳橙和檸檬。反正對這些水果來說，與其被當堆肥扔掉，讓薩亞家人吃掉可能是更好的歸宿吧。

我事先將這些果香四溢的塑膠袋準備好，等待著男孩到來。店門口的音響播放的是貝多芬的第五號小提琴奏鳴曲，尷尬的是曲名正好是〈春〉。雖然對這位偉大樂聖後期深奧複雜的名作並不排斥，但我最熱愛的還是他早期和中期的作品。論到交響曲，我最喜歡的則是三、四、五號（倒是，不知小克萊伯[1]在死前是否能錄下三號和九號）。

---

[1] 小克萊伯（Carlos Kleiber, 1930–2004）：作者石田衣良完成此書時，小克萊伯尚未去世。

十首小提琴奏鳴曲幾乎都是貝多芬在三十幾歲以前寫的，充滿了悅耳的曲調和年輕氣盛的霸氣。在眺望骯髒的池袋街頭時聆聽如此充滿活力的曲子，對我來說真是樂趣十足。畢竟不管是人還是藝術，哪可能一切都完美無瑕？

就在我走到店門外的人行道上曬曬太陽時，碰巧看到薩亞從車站那頭走來。不知何故，只見他低著頭，似乎刻意避免看向我家的店。我趕緊走回店裡，從業務用的冰箱裡取出那只塑膠袋，接著回到人行道上開玩笑地合掌朝他喊道：

「薩亞，今天我可替你準備了四種水果的豪華拼盤呢！」

這個來自緬甸的男孩抬起頭來。我卻赫然發現他拚命以眼神向我示意些什麼；先是默默搖了搖頭，接著又以視線指指走在我和他之間、一個看似上班族的男人背影。只見這個身穿灰色西裝的男人手提一只薄薄的公事包，正一臉困惑地看著我。從我身旁走過時，薩亞悄聲對我說道：

「阿誠先生，謝謝您。我事情辦完後就會過來找您拿。」

話畢，薩亞便追上沒停下腳步的西裝男人，轉了個彎走上浪漫通。走到轉角處時，還偷偷向我道了個歉。他走上的那條路前頭是什麼，在這一帶住了二十幾年的我再清楚不過了。

那裡就是池袋二丁目的賓館街。

撇開心裡的震驚不談，我憑直覺就猜到了真相。在這一帶長大，這種直覺想不敏銳都難。薩亞蹺了課，向男人出賣自己的肉體。看來他說自己家很窮並不是個玩笑或比喻，而是個血淋淋且精準無比的形容。再怎麼不景氣，他們家的情況想必還是超出大多數日本人的想像。

既不是為了買名牌貨，也不是為了籌措開店資金，他出賣自己十來歲的稚嫩身體，竟然只是為了讓家人有飯吃！我只能像個傻瓜似的呆立在店門外，任憑提在手上的塑膠袋裡溢出的爛熟果香熏著我的鼻頭。

結果那天薩亞並沒有到我家店裡。為他家準備的水果就這麼進了垃圾桶。接下來幾天他也都沒過來。時序進入春季，氣溫開始上升，店裡水果的折損率也逐日增加。任何有良心的水果行，每天都要處分掉兩、三只塑膠袋的貨品。不管薩亞有沒有來，我每天都會將準備送他的幾袋水果冰在冰箱一角。

隔週的星期一，他終於穿著薄得可憐的白襯衫到店裡來了。這次薩亞一走進我家店裡，便逕自指向成盤出售的加州柳橙。一盤五顆要價八百圓。我朝即使如此，圓潤的雙頰依舊羞愧得泛紅的他說道：

「不必勉強啦。你有錢嗎？」

薩亞點點頭，張開了手掌，上頭是一張折得如電車票般大小的千圓鈔票。這下我只得把閃閃發亮的柳橙裝進塑膠袋裡。此時我不由得思索起全球化經濟到底是怎麼一回事。這些柳橙栽植在美國資本經營的大農場裡，由墨西哥移民採收，再由日本人的我賣給這個來自緬甸的男孩；其中兩個國家很富裕，另外兩個則十分貧困。我收下薩亞出賣肉體的靈肉錢，找了錢給他。接著再從冰箱裡取出兩袋賣相不太好的水果，並朝在裡頭看電視的老媽喊道：

「我出去送個貨，出來看一下店吧。」

老媽看看我，又看看薩亞，點了個頭後，再度將視線轉回電視上。

「那些哈密瓜也該出清了，拿些去吧！」

薩亞朝老媽合掌膜拜。雖然我沒跟著做，但還真希望這種打招呼的方式能在日本流行起來呢。這麼一來，或許大家就不會覺得不景氣的日子有多難熬了吧。

和薩亞並肩走在西一番街上時，我向這個個子只有我肩膀高的小男孩說道：

「可以聊聊嗎？」

薩亞以膽怯的眼神看了看我，默默點了個頭。我們的目的地是穿越水木街與池袋車站西口圓環後將到達的西口公園。這麼形容聽起來似乎有段距離，但從我家的店其實不出三、四分鐘就能走到西口公園。

一群群下了班的上班族從春日夕陽映照下的廣場走過，每個人兩眼都望向前方幾步的距離，沒有一人有興致欣賞周遭隨處可見的櫸樹新葉。這些葉子彷彿一條條聚到枝頭吃魚餌的半透明小魚，成群地在春季的涼爽天際游動著。薩亞和我一並肩在長椅上坐下，我便脫口問出我最想問的問題：

「你沒去上課嗎？」

薩亞低頭呆望著廣場上的地磚。

「有一半時間沒去。」

「中學是義務教育，不每天去上課不行吧？」

薩亞抬頭看向我，露出了一個微笑。以震耳音量高喊把外國人趕出去的右派街頭宣傳車正緩緩從車站前駛過。

「阿誠先生，這些話我們班導師都已經說過了。」

這下我不知該怎麼接下去了，語調也因此變得粗魯了起來：

「那麼，另外一半的時間，就用來向男人出賣自己的身體？」

薩亞依舊坐在長椅上，身子愈縮愈低。只見他背脊蜷曲、雙肩下垂，兩隻手也握得緊緊的。這男孩淡淡地回道：

「沒辦法，我得賺錢呀。我從九歲就開始做這種工作，早就習慣了。雖然偶爾會碰到一些可怕的事，但我都不會怕呢！而且我們伴遊公司對我也不會很過分。」

有好一會兒我倆都沒說半句話，任憑溫暖的春風吹拂而過。我凝視著在夕陽下閃爍的原色霓虹燈光，薩亞則是呆望著公園四周的大樓牆面。

「三年前來到日本時，我以為這裡是個天堂。到了晚上也和白天一樣明亮，想買的東西到處都買得到。既不像緬甸有內戰、有軍人，也沒有宗教上的對立。但是後來我發現不管到哪裡，在這個地球上都沒有天堂。」

只見粉紅色的霓虹燈把薩亞黝黑的臉龐映得通紅。

「有道理，池袋或許根本不是天堂，而且這裡還有法律。你知道嗎？利用你賣春圖利的傢伙都觸法了。賣春在日本原本就是違法，而且不管買的還是賣的，只要牽涉到未成年的孩子，罪可就更重了。你如果不願再出賣自己的身體，還是有辦法可以再回到中學上課。薩亞，你自己有什麼想做的事嗎？」

「從我出生到現在，做過的每一件事都是不得不做的，從來沒有任何一件是自己想做的。就像這份工作，幹不幹也由不得我自己。」

薩亞說完這番話後又沉默了下來。這個男孩從九歲起就開始出賣自己的靈肉，這種事在日本是完全無法想像的。看到我心情也和他一起憂鬱了起來，大概是為了打破現場的沉悶氣氛吧，薩亞突然以開朗的語調大喊一聲，接著便從制服褲袋裡掏出了一支手機，並朝我說道：

「阿誠先生，今晚要不要來我家吃飯？我現在就打電話向我媽說一聲。」

我看著他這支最新型的折疊式手機問道：

「你說自己很窮，還買得起這種手機？」

薩亞邊按著通話鈕邊說道：

「不是啦，這是經紀公司為了方便連絡而發給我的個人電話。這種東西，我們全家也只有我一個人有呀。」

電話撥通後，只聽到薩亞以一種柔軟的語調講著我完全聽不懂的語言，向他母親說了些什麼。想想還真是奇妙，不管是世上哪個國家的語言，母子對話的氣氛聽起來卻是大同小異。薩亞一闔上手機，便精神抖擻地站了起來說道：

「我媽說ＯＫ呢。走吧！」

我們兩手提著裝滿水果的塑膠袋，走在落日餘暉映照下的街道上。穿過川越街後再走二十分鐘，雖然電線杆上的地址仍是池袋本町三丁目，但我們已經走進了東上線的下板橋車站附近的住宅區。薩亞家就在這裡的一棟木造公寓裡頭，從老舊的外觀看來，屋齡應該有四十年了。玄關一旁設有公用的鞋櫃和信箱，中央則是一條通往各室的昏暗走道，兩旁排列著一扇扇木製的拉門。來到走道上倒數第二戶前時，薩亞拉開了拉門，門喀啦喀啦地滑了開來，還聽到一聲不知從哪裡傳出的微弱門鈴聲。我說聲打擾了，便走進了門內。

屋內約有六疊寬，正中央放著一張連在古董家具店都已經找不太到的矮圓桌。圓桌周圍圍著一對年過三十五的夫妻和兩個小女孩，個個都一臉微笑地望向我。屋子裡的電視和收音機都是舊式的，看來似乎是從哪個垃圾堆裡撿來的。薩亞向大家介紹我：

「這位就是車站前水果行的真島誠先生，我帶回來的水果就是他給的。他們就是我的家人。」

薩亞以手掌指向父親，高興地笑著說道：

「這是我爸爸吳、我媽媽蒂溫、上小學六年級的大妹彤姆和五歲的小妹瑪。」

每個人被介紹到時都在胸前合個掌。呆立著的我只能傻笑著朝他們點頭。這家人雖窮，但看起來頗為幸福。唯一讓人起疑的只有父親吳。不知何故，薩亞這個爸爸似乎怎麼坐也坐不好，不僅不斷改變著姿勢，手腳還像個病人般顫抖不停。

我把裝著水果的塑膠袋遞給長得還算漂亮的媽媽，接著便找了個空位坐了下來。這下整戶公寓就被擠滿了。蒂溫走到拉門邊約半疊大小的廚房說道：

「真島曼克❷先生，現在馬上替您煮些菜，請稍後。」

這下我只得擺出一副慈善家曼克先生的架勢，開始熱絡地和他們一家人聊起來。

薩亞的媽媽為我烹調的緬甸料理還真可口。飯裡的米是乾爽的秈稻米，搭配緬甸風味的雜燴吃起來還真是美味絕倫。叫做Si-pyan❸（好像是這麼唸的）的料理看來像是放了很多火紅辣椒的豬肉咖哩，但戰戰兢兢地吃了一口，才發現其實也沒多辣。佐料以甜椒粉及魚醬為主，沉在鮮紅的紅油底下的膏狀洋蔥，撈起來拌飯還真是可口極了。雖然菜色只有這盤雜燴和盛在金屬盤子裡的生蝦沙拉，但薩亞一家人食量還真好，只看到他們一碗接一碗，大鍋裡的白飯愈來愈少。看來緬甸人和昔日的日本人還真像，不把肚子撐飽似乎不會滿足。

用餐的這段時間裡，薩亞的爸爸依然不斷變換姿勢。光是在吃完一小碗飯的短短時間裡，他就抬了膝蓋，盤了腿兩、三次。消瘦的臉上也沒什麼表情，就連兩眼都是空洞無神。直到吃完飯後的炸香蕉為止，我都不敢正視吳一眼。

大概是我身上也有幾分北方先進國家的魅力吧，五歲的瑪從頭到尾都吵著要我抱。真希望我這魅力在碰到成熟女性時也能派上用場。待大家在七點左右用完晚餐後，蒂溫起身說道：

「好了，我得出門上班了。曼克先生，請別見外，就把這裡當自己的家吧。」

在掛在牆上的鏡子前整理了一下頭髮後，蒂溫便披上上衣出門了。少了個開朗的媽媽，現場的氣氛頓時黯淡下來。我按著肚子，做出一個彷彿在玩超級比一比的拙劣姿勢說道：

「肚子已經脹到吃不下啦。今天就謝謝各位的招待。我也該告辭了。瑪和彤姆，哪天也上我家店裡玩玩吧！」

我站起身子時，吳依舊神情凝重地望著屋內一角。拉開拉門時，薩亞對我說道：

「我送阿誠先生回去，馬上回來。」

只見他爸爸點了個頭，接著又開始搖晃起雙腿。妹妹們則在大喊：

「不公平，為什麼只有哥哥能出去！」

我和薩亞靜靜地走在走道上。來到玄關時，我低聲對他說：

「薩亞，來杯飯後咖啡如何？」

薩亞嘆口氣點點頭，接著便套上了那雙鞋內印有「NIKA」幾個字的球鞋。

我們走進下板橋車站前的一家連鎖咖啡廳。踩著狹窄的階梯上到二樓後，便在禁菸區挑了一張桌子坐了下來。薩亞從頭到尾都望向窗外，我請他的拿鐵咖啡沾也沒沾一口。隔壁桌上坐著一對高中生情侶，兩人都不發一語，一逕以手機發著電子郵件。

「阿誠先生，拜託您別怪我爸爸。」

❷ 真島誠的「誠」日文發音為Makoto，而薩亞的母親卻將之唸成Mankoto（曼克），表示她的日文發音不準。

❸ Sipyan：緬甸的咖哩，跟東南亞其他國家相比，差別在不放椰奶。

我啜飲了一口在全國各地分店喝起來味道都差不多的連鎖咖啡廳拿鐵。說不上難喝，但也沒多好喝。或許這種平均化的口味就代表進步吧。

「你爸爸身體不好嗎？」

只見薩亞驕傲地抬起頭來回道：

「阿誠先生知道緬甸在一九八八年曾經發生過一場民主運動嗎？當時我爸爸是仰光大學的學生，曾在校內組織示威團體。他曾和翁山蘇姬對談過，也和學生一同修過憲法草案。」

聽起來和日本東大學生的中間左派民運分子差不多嘛。不過咱們國家的大學生提出的要求，哪可能像緬甸的同志這麼切實。薩亞的表情又黯淡了下來。

「但是他後來被軍方逮捕了。這就是為什麼我爸爸沒辦法站太久，或保持同樣的姿勢。緬甸的監獄是很恐怖的。」

薩亞圓潤的雙頰轉瞬間失去了血色。我低聲問道：

「是被嚴刑拷打嗎？」

「對。他被帶到一間磚砌的小房間，整個頭被罩上一只黑色的頭套，就這麼被迫『騎機車』或『扮模特兒』。」

我的聲音已經小到近乎呢喃了。隔壁桌的情侶依舊不發一語，忘情地以食指打著郵件。

「什麼是『騎機車』？」

這問題讓薩亞的雙眼燃起熊熊怒火。憤怒與興奮，讓這個來自緬甸的十四歲男孩雙眼變得炯炯有神。

「『騎機車』就是彎著膝蓋以腳尖站立，長時間保持像是騎機車般的半蹲姿勢的刑罰。直到獲得許可前，得連續好幾個小時保持這種姿勢。要是失去平衡倒下來，就會被人用棒子打或靴子踢得遍體鱗傷。『扮模特兒』在緬甸語中叫做『朋森』，也是很可怕的刑罰；就是強迫受刑者像蝦子一樣蜷著身體坐著一整晚。要是不支倒地，就得上『鐵路』。」

人類的殘酷潛能讓我整個腦子幾乎麻痺。我問他什麼是「鐵路」，只見薩亞噘著嘴回答：

「要是受刑人無法保持『騎機車』的姿勢，便被迫拉直雙腿坐下，並在腳踝上放上一支生鏽的鐵棒，由兩個人持這支鐵棒在受刑人的腳踝到膝蓋之間來回磨好幾百次。據說這樣下去，兩隻小腿很快就會被磨到見骨。幾個星期裡，他都是這樣被罩著黑頭罩，一入夜就接受這些折磨。吃的伙食是酸掉的湯和被蟲蛀過的糙米。待天色一暗，便被一些不知生得什麼長相的人拷打。他們對我爸爸說，在這裡連石頭都能被他們榨出水來。我爸爸到現在睡覺時仍然怕黑，因此我們得整晚都開著燈。」

我想起剛才那六疊大公寓裡的電燈泡。他們全家人每晚都得擠在那房間裡，開著那盞燈睡覺？薩亞繼續說道：

「所以我真恨呀。爸爸因為拷打的後遺症，已經沒辦法好好上班了。我們全家就只能靠媽媽在池袋的泰國餐廳工作，還有我打工的收入勉強維生。雖然我有一半時間沒去上課，但成績還過得去，以後也想上日本的高中。不過，這一切都是不可能的。我得養妹妹們，還得養爸爸。」

薩亞似乎激動得整個身子都僵硬起來。隔壁桌的高中生情侶發完了電子郵件，開始討論起蹺課到東京迪士尼樂園玩的計畫。穿著初中制服的薩亞說道：

「晚上睡覺的時候，有時會被我爸爸的喊叫聲嚇醒。每次都聽到他哭著大喊對不起、對不起。假裝沉睡聽著爸爸的啜泣聲，實在是個折磨。即使搬到了如此安全的日本，每個禮拜爸爸還是會夢到自己被戴上黑頭罩。在這種情況下，我哪可能辭掉現在的工作？我是無所謂啦。反正從我九歲那年全家逃到邊界的村莊後，就開始幹這種差事了。我早就已經很齷齪了。」

薩亞凝視著自己輕薄小巧的手掌心繼續說道：

「這雙手、這對眼睛、這張嘴、連我的肚子裡，都已經很齷齪了。」

我無法正視薩亞悄悄啜泣的模樣。但在窗外的春日夜色裡，我又看到了他在西一番街跪地合掌膜拜的影子，以及他那面帶羞怯的笑容。要是連這孩子都很齷齪，全世界還有哪裡是乾淨的？

「薩亞，你一點也不齷齪。沒有人會責怪你的。你要好好加油，升上高中繼續唸書。這樣你遲早就能找到一份像樣的工作，讓你爸爸過得更好一點。雖然我幫不上什麼忙，但若碰到什麼困擾，隨時歡迎你到店裡來找我。絕對不要放棄自己，千萬不要對自己死心，好嗎？薩亞，有很多人在關心你。」

話雖然說得很誠懇，但我也知道自己這番話說得頗為心虛。這孩子已經等於僅以手指攀在懸崖邊緣了。只要一不小心，就會墜落地獄的深淵。身處安全地帶的我，能幫他的實在太有限了。

那天回家路上，我就準備為他做這些有限的事。

在咖啡廳門口互相道別後，我就一路蹓躂回池袋。從我家店門外走過時也沒回家，就這麼一路走到了ＪＲ池袋車站北口。車站前有幾個看來憔悴不堪、拿著看板的傢伙。我朝一個把看板當柺杖倚著、在步行的人潮中彷彿一顆靜止的石頭的男人打了聲招呼。他外號叫做Loans Hope，不需任何擔保或保證人便能提供五十萬圓以下的借貸。這個自稱「希望」的地下金融業者，是個街坊中無人不知、收取百分之兩千以上年利的大惡棍。

「晚安呀，Gata先生。」

他那對長在黝黑枯萎的臉上的渾濁雙眼看向我。

「噢，是阿誠呀。今天來找我有什麼事嗎？」

我不知道這個身穿被汗水和汙垢沾得油油亮亮的羽毛夾克的男人真正名字叫什麼，只知道大家都叫他Gata先生。他成天都舉著特種行業或地下錢莊的看板，佇立在池袋車站前。他有強烈的柏青哥癮，是個對這一帶的特種行業知之甚詳的情報販子。

「我想向你打聽一家池袋的伴遊公司。」

Gata朝我伸出一隻手。我把一張千圓鈔票放了上去。

「因為到處都不景氣，現在伴遊公司大概是特種行業裡混得最好的了。你也知道去年入秋時賓館街的流鶯突然之間全都不見了吧？」

我默默點了個頭。這情報販子的視線總是游移不定，不斷注意著周遭的情況。

「那是因為錦系町在一夜之間取締了兩百多個非法居留的外國人的緣故，讓在東京三大流鶯市場活動的女人全都銷聲匿跡。現在不管是池袋、大久保，還是錦系町，全都被掃得清潔溜溜了。也沒聽說馬殺雞或制服店等店面型的特種行業生意因此變好，所以看來生意應該都流到外賣型的伴遊公司去了。」

話畢，他那張彷彿一株被汽車廢氣熏得黑溜溜的行道樹般的臉凝視著我，臉上不帶半點表情。

「這麼說來，伴遊公司的生意應該很好囉？」

這曖昧的回話並沒讓他臉上產生任何變化，讓我覺得自己彷彿在和一顆石頭交談。一個朝我的方向走來的ＯＬ彷彿在避開什麼齷齪的東西似的，經過和這個活動看板人交談的我身邊時，還刻意繞道而行。Gata毫不介意地繼續說道：

「阿誠，你知道伴遊公司和應召站有什麼不同吧？」

我瞎猜著回道：

「應召站提供性交易，伴遊公司則沒有。」

Gata嗤之以鼻地笑著說道：

「瞞著公司提供性交易的伴遊小姐多得數不清，畢竟公司哪可能查得到！在一九九九年修改法律時，他們已經被認定為外賣型特種行業，因此被勒令禁止從事性交易。就連你，只要填好表格，再拿著住民票一起向附近警局的生活安全課提出申請，隔天起就能合法經營伴遊中心。既然是申報制，任何人都有資格申請。要是不清楚表格要怎麼填，條子甚至會親切地教你呢！」

我試著想像自己若成了伴遊中心的老闆會是什麼模樣：身穿絲綢西裝、開著賓士接送伴遊女郎，或許要比照顧水果行威風多了吧。只不過薩亞大概就再也不會向我合掌了。

「在池袋，可有哪家伴遊中心旗下有未成年男孩？」

這情報販子目不轉睛地凝視著我，接著又不發一語地伸出了一隻手。看來得再多付點錢才能打聽進一步的消息。我又付了一張千圓鈔票，這傢伙才開口回道：

「坐擁初中或高中男孩，想必就不是合法業者了吧。應該是玩暗的，有沒有提出過申請都很可疑。這些傢伙廣告也不打，全靠常客的口碑做生意。這種店家，這一帶我只知道一家。」

說到這裡，這情報販子就閉上了嘴，窺伺起我的表情。我也盡量強裝鎮靜。

「他們旗下好像不只有日本的高中男生，就連東南亞的小鬼都有。店名叫『Wild Night』，電話是……」

這情報販子笑了起來，首度讓我看到了他泛黃的門牙，接著又伸出了手。我不得已地問道：

「因為不是合法業者，所以沒打廣告，是吧？」

我又付了一張千圓鈔票。Gata便掏出手機，找出了Wild Night的電話號碼。我把號碼輸入到自己的手機裡，並在臨別時向他問道：

「最後能再請教一個問題嗎？」

這個活動看板一臉倦容地點了個頭。

「知道這家伴遊中心收費的行情大概是多少嗎？」

「噢，當然知道。不比應召站便宜，七十分鐘兩萬圓，九十分鐘兩萬五千圓。」

看來還是個收入不錯的差事呢。

「伴遊小姐通常都抽幾成？」

「營業額的六成。」

我馬上做了個計算。如果一天接兩個客人，薩亞應該就能賺進兩萬四千圓。每星期若工作三天，一個禮拜的收入就有七萬圓。就算一家五口過得再怎麼拮据，也沒到非得住那種便宜公寓、並求人免費施捨一盤五十圓的爛香蕉的地步吧？

我向Gata道聲謝，便離開了池袋北口。回家路上，我反覆計算了好幾次，始終覺得其中必有蹊蹺。薩亞向我乞討水果，除了貧窮之外想必還有其他理由。

⚜

翌日，薩亞並沒有來我家店裡。雖然有些疑慮，我還是一如往常地看店打發了一天。畢竟在這般風和日麗的春日，從早到晚依序播放貝多芬的小提琴奏鳴曲招呼著客人，心情哪可能壞到哪裡去。

晚上十二點以後，正準備上床睡覺時，突然接到了薩亞打來的電話。躺在床上的我一接起電話，旋即聽到他那彷彿女孩般纖細的嗓音：

「阿誠先生，是我，薩亞。」

「還好嗎？今天怎麼啦？」

薩亞似乎很興奮，也沒回答我這問題，便一股腦兒地說道：

「昨天起我想了又想，最後還是決定依阿誠先生說的，上高中繼續升學。明天我就會告訴那個人。順利的話我再和您連絡。好了，明天還得上學，晚安了。」

他自顧自地說完這番話，就掛斷了電話。我原本想打回去，最後還是打消了這個念頭。雖然想問他的問題多不勝數，但我也記得自己在唸中學時，上早上的課時總是睏成什麼模樣。

⚜

那晚我整晚沒睡好。原本烏雲密布的夜空，一到黎明便開始下起濛濛春雨，我還來不及搞清楚天是什麼時候亮的，就到了該上市場的時間。我隨便靠即溶咖啡和麵包果腹，便坐上家裡的Datsun駛往了市場。

回到家後我依舊睡眼惺忪，就這麼迷迷糊糊地打開了店門，每年入春後的頭兩、三個禮拜，我大概都是這副模樣。不管睡多少都覺得沒睡飽，原本就不太靈光的腦袋老是變得更遲鈍。到了依舊下著濛濛細雨的傍晚，突然看到右手提著書包的薩亞出現在我家店門口。只見他撐著一支三百圓的中國製塑膠雨傘，沾著雨滴的僵硬臉龐勉強擠出了一絲微笑。我一看到他，便取出了裝著淘汰水果的塑膠袋，卻看到薩亞一跛一跛地朝我走來。

「這是怎麼了？」

薩亞並沒有回答我的問題，只是搖搖頭，並以視線指向人行道上一個撐著黑傘的男人。

他看來和薩亞一樣是緬甸人，身上穿著條紋西裝，白襯衫胸口的釦子沒扣，坦露著胸脯，黝黑的脖子上還掛著兩張白金的狗牌。想必他就是薩亞口中的「那個人」吧。薩亞一收下塑膠袋便說道：

「我以後不能再到這兒來了，賈龍不准我上高中，也不准我和阿誠先生說任何話。」

雨傘上的點點雨滴映在薩亞的臉龐上。只見他通紅的兩眼裡泛著淚水。大概是不想讓我們再交談下去吧，那穿著條紋西裝的傢伙一路瞪著我走了過來。雖然打扮和薩亞的父親截然不同，但眼裡有著同樣的空洞眼神。我旋即向薩亞問道：

「這傢伙是誰？」

薩亞眼神裡充滿畏懼地回答道：

「他叫賈龍．瓦拉迪，是我們伴遊公司的司機。」

這時那緬甸人大聲喊道：

「你們在說些什麼？」

待瓦拉迪走近，我才發現他原來是個健壯的彪形大漢。只見他昂然挺胸站在我和薩亞之間，眼神凶狠地瞪著我。不管在哪個國家，似乎都有相當比例的人會變成這種模樣。這和每家工廠都會製造出不良品的道理相同。這種人就是攀附在其他人的弱點上維生的寄生蟲。我從店門口隨手拿起一顆柳橙，彷彿在秤重似的緊握手中。

「我要和薩亞聊什麼是我的自由。你又不是這孩子的監護人。」

瓦拉迪瞇起眼睛看著我說道：

「少妨礙我們做生意，你這個變態！」

他說出變態兩個字時發音很奇怪。竟然有人膽敢在我家水果行門前如此罵我，教我十分震驚。已經好久沒這麼想揮拳痛揍一個人了。瓦拉迪粗暴地摟起薩亞的肩膀，擠出一個微笑對我說道：

「你聽好，這小鬼說以後再也不想和你有任何瓜葛了。而且今後他的手機將由我保管，你也休想打電話給他。你就好好看著你的水果行吧，少礙著人家做生意！像你們這種日本色狼，哪可能了解我們怎麼過活。所以少給我插手！聽到了嗎？」

瓦拉迪從口袋裡掏出薩亞的手機，翻了開來湊向我。

「薩亞，咱們走！」

說完，他又瞪了我好一會兒，接著便轉身走回雨中的人行道上。我走到交互地看著我和瓦拉迪的薩亞面前，把柳橙遞給了他。

「雖然我還不知道是什麼情況，但一定會想辦法幫你的。薩亞，千萬別放棄喲。」

「還在發什麼呆？趕快過來！」

瓦拉迪凶狠地催促道，一臉困惑的薩亞只得一跛一跛地跟著這個伴遊公司的司機離去。

⚜

當晚，薩亞的爸媽在最後一班電車停駛的時間過後來到我家店裡。只見他媽媽攙扶著爸爸站在門外。蒂溫一臉焦急地向我問道：

「曼克先生，我們家薩亞整晚都沒回家。你知道他上哪兒去了嗎？」

老媽也好奇地從二樓窗口探出頭來。我走到細雨濛濛的人行道上搖頭回道：

「我不知道。不過，今天傍晚薩亞他和……」

我不知道該不該說出伴遊公司這幾個字。也不知道這對父母知不知道自己的兒子為了他倆出賣自己的肉體。不過就算不知道，多少也該有點感覺到才對。我刻意矇混過去，繼續說道：

「……和打工的地方的人一起來過我家店裡。那傢伙警告我以後別再和薩亞說話。薩亞從來沒這麼晚回家嗎？」

蒂溫兩個烏黑的眼眸睜得斗大。我這才發現薩亞和媽媽長得還真像。

「我只接到一通他打來的電話，叫我們不要擔心。他從來沒在外頭待到這麼晚。」

沒回自己家公寓，代表他不是還在伴遊公司，就是和那司機在一起。我沒理會薩亞那彷彿一灘浸了水的灰燼般毫無生氣的爸爸，直接向蒂溫問道：

「太太聽過一個叫做賈龍．瓦拉迪的人嗎？」

蒂溫聽了只是一臉納悶，但吳的兩眼似乎開始閃爍。薩亞的爸爸佇立在雨中，整條行動不便的腿彷彿全被雨給淋溼了。一跛一跛地從他們家走到這裡，至少需要花上三十分鐘。看來儘管他的身體和心靈都已是滿目瘡痍，對自己的孩子還是有該有的關心。

「吳先生，可曾聽過賈龍．瓦拉迪這個人？」

吳只是怯弱地低下了頭，什麼都沒回答就從蒂溫撐著的傘下走了出來，在雨中的人行道朝回頭的方向走去。搞不清發生了什麼事的蒂溫驚訝地望著他消瘦的背影，接著便遞給我一張寫有電話號碼的紙條說道：

「要是找到薩亞，麻煩打個電話給我們。多晚都沒關係。」

接著蒂溫便以緬甸語嚷嚷著些什麼，朝一跛一跛在雨中走向西一番街的丈夫追去。

當晚打烊後，我打了通電話給崇仔。那是一個整個房間籠罩在柔和的春雨聲中的寧靜夜晚。接電話的人一聽到我的聲音，便把電話轉給了傳說中的國王。我嘆口氣問道：

「崇仔，你身邊從來沒有沒人的時候嗎？」

和自由的我不同，獨處的樂趣對國王來說或許是個奢侈吧。只聽到崇仔的嗓音宛如一根冰柱般刺進了我耳裡。

「你的話總是太多。阿誠，找我有什麼事？」

雖然想多調侃這孩子王一點，但我還是開始解釋起薩亞的事，而且盡可能敘述得簡單扼要。每天要聽幾十則陳情的崇仔很快就弄清楚狀況了，只聽到他嗤之以鼻地說道：

「這哪有什麼困難？伴遊公司都是沒靠山的，再加上這家還利用未成年的小鬼牟利。只要報個警，他們不就玩完了？」

崇仔說的一點也沒錯。這麼一來Wild Night就會被勒令停業，薩亞也就恢復自由身了。不過，我還沒弄清楚賈龍．瓦拉迪和薩亞之間究竟是什麼關係。而且薩亞的爸爸聽到瓦拉迪這個名字時的反應，也頗讓我在意。我向池袋的國王說道：

「我想再多調查那家伴遊公司一陣子。能再給我一點時間嗎？」

「就隨你去吧。看來這次不需要出動幾個G少年了，對吧？」

雖然該說的都已經說完了，但我還是莫名其妙地向崇仔說了一句：

「這次事情解決後，一起去看場電影如何？」

「為什麼突然要邀我？」

崇仔似乎有點驚訝。理由是我覺得他隨時都有部下隨侍在側，不僅很無趣，在精神上也太不健康了。

「老是和言聽計從的傢伙打混，可是會變成一個爛老闆的喲！」

這下我清楚聽到了他的笑聲。這是個好徵兆。

「好吧，讓我考慮考慮。」

他隨即掛斷了電話。不過，那頭傳來的電話嘟嘟聲聽起來比任何時候都要悅耳。看來就連機器都會受使用者的心情影響呢。

翌日依舊下著濛濛春雨。我一打開店門，便把店裡的生意交給老媽，揹起一只沉甸甸的登山包走上了街頭。我走進水木街上的瑞穗銀行，從寒酸得可憐的戶頭中提領出三萬圓的鉅額。離開銀行後，我在前往位於北口的賓館街途中掏出手機，打了一通電話。

「Wild Night，您好。」

只聽到一個男人輕聲細語地應道。走在雨中池袋的我故做猶豫地問道：

「我從沒上過你們那兒，想了解一下你們的營業時間和收費行情。」

男人以熟練的口吻告知了時間與收費，接著又說聲「進了附近旅館時請再來電，我們將立刻為您服務」一類的話，隨即準備掛斷電話。我趕緊說道：

「且慢。朋友告訴我你們那兒有東南亞的男孩，而且大概只有十四、五歲？」

只聽到這個伴遊公司的員工語帶笑意地回道：

「噢，年齡我是不大清楚，但您若想指名年輕的外國男孩，今天就可以為您安排。」

「好，那就幫我安排這個男孩吧！」

每次碰到這種情況，我都拿出他的名字來虛報。這個萬年小刑警還真是可憐呀。

「我姓吉岡。」

我說了一個認識的池袋生活署安全課刑警的姓氏。

「請問貴姓大名？」

接著我便走向位於池袋二丁目的賓館街。我盡可能挑了一家休憩費用便宜的老舊賓館，獨自走了進去。一個坐在小小的服務窗口後頭、只看得見腰部以下的歐巴桑不發一語地遞給我一串鑰匙。

我搭上大廳一旁同樣陳舊的電梯上了五樓，在昏暗並瀰漫著消毒水氣味的走道上走向一扇房間號碼忽明忽暗的房門。一走進房內，我便拿出手機打了通電話，一聽到那輕聲細語的男人接起電話便說：

「我是稍早打過電話給你的吉岡，現在已經進旅館了。我現在在北口的『Superior』五〇四號房。」

大概是幹了多年的服務業使然，這男人的嗓音簡直像高級羊毛圍巾般輕柔。

「我這就打電話去向您確認。請您稍後。」

我把登山包朝沙發一扔，整個人躺到床上。沒多久枕邊的電話就響了起來。

「請問是吉岡先生嗎？」

我一回答是，這男人便滿足地說道：

「十分鐘以內，您稍早指定的外國男孩就會到您那兒。」

道了聲謝後，我便掛斷了電話。接著從登山包裡取出一座小型三腳架和一台V8，在沙發前的茶几上開始安裝起來。

門鈴聲在十二分鐘後響起。我一解鎖打開門，便看到了低著頭站在昏暗走道上的薩亞。他的白襯衫已經整件都變得皺皺的了，看也沒看我一眼就低聲問道：

「請問……我能為您服務嗎？」

「我等你好久啦。薩亞，趕快進來吧！」

這個緬甸男孩原本圓圓的雙眼這下睜得更圓了，旋即踏進了只有半張報紙大的玄關，並以驚訝的語氣問道：

「原來阿誠先生也有這種癖好？」

別開玩笑了！

「先別管這個，到那張沙發上坐一下吧。」

說完，我便把兩萬圓塞進了薩亞的手中。

「我沒什麼錢，就當我買你七十分鐘吧。昨晚你爸媽到我店裡，告訴我他們十分擔心你。」

一提到他爸媽，薩亞似乎馬上就洩了氣。他從褲袋裡掏出一支易付卡手機，打了通電話向伴遊公司報備。

「我是塔敏。從現在開始將服務客戶七十分鐘。」

原來薩亞雖只是個中學生，但已經有花名了。

我打開了房間裡的每一盞燈，按下了Ｖ８錄影鈕。真教人納悶賓館裡為什麼要裝這麼多盞燈。薩亞在上頭有前房客留下的塗鴉的沙發上坐了下來，一臉羞愧地面向鏡頭。從四面八方投來的光線映照在他身上，只要他稍有動作，淺淺的影子也會隨之在四面八方起舞。我說道：

「接下來我會做點剪接，你只要照平常的樣子說話就行了。昨晚你人在哪裡？」

薩亞低下了頭。

「在賈龍家。」

我端詳著Ｖ８側面的液晶螢幕，裡頭的影像色澤遠比實際的賓館房間還要鮮豔；就連表情充滿辛酸的薩亞，看來都宛如哪個南洋國家航空公司的觀光短片裡的模特兒。

「昨晚你爸媽到我店裡來時，我向他們詢問是否認識那個名叫瓦拉迪的男人。你爸爸一聽到這個名字，便不發一語地走回家了，讓我覺得這其中必有蹊蹺。能否告訴我那個司機和你爸爸是什麼關係？」

薩亞直視著鏡頭問道：

「這一段可以麻煩您剪掉嗎？」

我點了個頭，薩亞便回答道：

「賈龍・瓦拉迪和我爸爸在緬甸時曾一起坐過牢。兩人都曾是仰光大學的民主運動人士。」

那麼他倆理應站在同一條陣線才對呀。薩亞繼續說道：

「賈龍飽經嚴刑拷打，卻什麼也沒招出來。但我爸爸就不同了。爸爸入獄時，我媽肚子裡正好懷了我。看到好幾個同志死在獄中，爸爸說什麼都要活著回到我媽媽身邊。」

薩亞一張被照得異常明亮的臉龐霎時扭曲了起來。接下來的情節就不難想像了。薩亞咬緊牙關說道：

「我爸爸不是個懦夫。只是為了我媽媽和還在肚子裡的我，他供出了同志們的名字。賈龍說有好幾個民運人士因此遭到軍方逮捕，慘遭嚴刑拷打後死在獄中。」

薩亞這番話還是讓我震驚得啞口無言。雖然這在和平的日本是無法想像的事，但時至今日，緬甸依舊由這個軍事政權所統治，而且還持續接受日本的鉅額經援。我問道：

「不過，你們已經舉家搬到了安全的日本，為什麼還無法擺脫十五年前發生在獄中的夢魘？」

薩亞搖著頭回答：

「來到日本的緬甸人多數都支持民主運動，難民協會也有很大的影響力，就連我們家也接受他們的經濟援助。要是被他們知道我爸爸曾出賣過自己的同志，我們全家在日本都會難以生存。不僅要遭到同胞排擠，剛提出的難民申請，說不定也無法獲得批准。」

坐在沙發上的薩亞頹喪得宛如一顆洩了氣的皮球。我盡可能保持鎮定問道：

「瓦拉迪都抽幾成？」

依舊低著頭的薩亞回答：

「五成。」

「真的嗎？」

薩亞默默地點了個頭。公司先抽個四成，剩下的六成裡又得被瓦拉迪搶去五成。出賣自己的肉體賺錢養家，並且拚命為爸爸的過去保密的薩亞，接客後手頭上竟然只剩下一成的靈肉錢。

蒂溫在入夜後到泰國餐廳當服務生，每個月的收入最多應只有七、八萬。再加上薩亞每個月也只拿個五、六萬回家，一家五口的生活想必十分拮据，難怪施捨一點腐爛的水果都能讓他為之合掌膜拜。

「其實，我應該送我爸爸到醫院接受治療，但我們家連健康保險都沒有。去年底瑪連續三天發了四十度以上的高燒，直到我媽媽到處低頭向人籌到錢為止，都沒辦法把她送進醫院。所以我不是說過嗎，就連這裡也不是天堂。阿誠先生，請問我到底該怎麼辦才好？」

薩亞圓睜的大眼已經變得通紅，但由於面對著鏡頭，他並沒有淌下一滴淚水。我回道：

「你這樣不行呀，薩亞。問別人自己該怎麼辦，是救不了自己的。自己該怎麼辦、想怎麼辦，都該由自己決定呀。要是連這都做不到，你遠渡重洋來到日本，不就毫無價值了嗎？這裡有的可是你爸爸冒著生命危險夢想獲得的民主呀！雖然這個爛地方的確不是天堂，但至少允許每個人選擇自己該過什麼樣的人生。知道了嗎？薩亞，你想怎麼做？雖然或許不容易，但你還是得好好想清楚，決定自己的未來。」

薩亞強忍著淚水，表情彷彿在生什麼悶氣似的想了好一會兒。我則是靜靜地凝視著他的臉龐，等待答案。我已經無話可說了，心想薩亞若回答他要繼續過這種日子，自己便就此收手。但此時這個來自緬甸的男孩，卻首度讓我見識到了他的激情。只見他雙眼炯炯有神地喊道：

「我已經不想再出賣自己的身體了。我想回家，不想再到賈龍那裡了。我也想回去上學，以後還想上高中。將來留在日本努力工作，讓我們一家人過得幸福。」

閉上嘴喘了一口氣後，薩亞便放聲大哭了起來。多虧賓館厚實的隔間和防火牆，他的哭聲才沒傳到外頭去。但薩亞的哭泣卻震撼了我的心；因為這是他十四年來，首度說出了自己的心聲。

「我知道了。恭喜你做了這個決定，薩亞，剩下的就讓我來幫你吧！」

這個忙到底幫不幫得成，已經不是個問題；因為我已經答應了一直把所有痛苦往心裡吞的薩亞，就非得幫到他這個忙不可。

我從房內的冰箱裡取出一瓶運動飲料，放到了薩亞面前，並輕輕地拍拍他的肩膀說道：

「接下來要錄的就是證據了。你一定要據實回答。」

薩亞聽了面帶惶恐地問道：

「我賣春，不會被當成罪犯嗎？」

我使勁點了個頭，這我已經花了一千圓向Gata求證過了。

「雇主將成為罪犯，但在法律上你只會是個被害人。雖然得接受警方調查，但做完筆錄就會放你走了。噢，不過應該也會告知你媽媽就是了。好了嗎？要開始囉。」

坐在薩亞對面沙發上的我擺正了姿勢。

「告訴我你的名字、年齡，還有住址。」

薩亞一五一十地回答了我的問題。每次回答我都點頭表示鼓勵。

「你工作的色情伴遊中心店名叫什麼？據說那裡還有其他像你這種未成年的員工，是真的嗎？」

薩亞含淚點點頭，口齒清晰地說出了Wild Night的店名，以及辦公室所在的公寓大樓地址。

錄完供詞後，薩亞從沙發上站了起來，朝被木製的遮陽板遮住的窗戶走去。他掀開貼有和牆上同樣壁紙的遮陽板，把鋁窗開了約五公分，屋外的冰冷空氣旋即從縫隙中灌了進來。薩亞說道：

「阿誠先生，請過來一下。」

我按下停止鈕，走向窗邊。窗外是一片灰濛濛的雨中街景，也可以看見一條條漆黑的馬路。薩亞指著一台停在賓館前的珍珠白Toyota Estima休旅車說道：

「那台就是賈龍的車。」

我趕緊把V8從三腳架上拆下，拍下了這台Estima。在二十倍的數位伸縮鏡頭下，就連沾在車牌上的泥巴都被拍得清清楚楚。我邊錄影邊向薩亞問道：

「車不是公司的嗎？」

「不是，那台車是賈龍自己的。要是向公司借車，含油錢在內，每天得支付一萬五千圓的租金。」

看來賈龍．瓦拉迪是個個體戶司機。不管這地下伴遊中心的老闆得面臨多重的刑責，賈龍似乎不會被判太重的刑，想必很快就能被警方放出來，回到池袋街頭東山再起了。看來得想個法子讓他受點教訓才行。

而且還得是個能讓他不敢再找薩亞父子碴的嚴厲教訓。是可以請G少年幫這個忙，但不嗜血的我似乎該想個其他法子才是。俯視著賓館街煙雨濛濛的街景，我聚精會神地開始思索起來。

讓薩亞離開後，我繼續透過窗口細縫拍攝那台Estima，直到拍下這個兒矮小的男孩坐進助手席，賈龍發動車子彎過街角，消失在畫面中為止。我在賓館裡待滿了兩小時，一離開便掏出手機打了通電話。只聽到耳邊響起一陣慵懶的廣播聲。

「搞什麼鬼呀，對我來說現在還是半夜耶！」

我毫不理會這個日夜顛倒的「無線電」的脾氣，單刀直入地和他談起了生意。

「我是阿誠。有段錄影帶想拜託你幫忙剪接。現在馬上就過去，行嗎？」

「反正我說不行你還是會來吧。好啦，順便在我家前頭的便利商店幫我買份和風炸雞便當，飲料就罐裝的茉莉花茶吧。」

不出三十分鐘，我就來到了無線電他那位於江古田的無線電機房。這傢伙睡覺時穿的運動裝也沒換下，就收下了我交給他的便利商店塑膠袋和八釐米錄影帶。好幾個灰色的不鏽鋼架淹沒在成堆的電子儀器中，他將帶子塞進其中一個架子裡。

「剩下的就簡單了。首先要將影像存進硬碟裡。」

說完，他就在電腦螢幕上打開了一個新的視窗。只見薩亞的嘴在快轉中迅速地動著。無線電晃動著遮住雙眼的香菇頭問道：

「在賓館裡拍一個南洋小鬼？你又在搞什麼飛機？」

在腦袋裡把情況整理一回後，我把薩亞的事告訴了他。我發現只要像這樣在過程中把情況稍作整理，辦起案來就比較容易聚焦。無線電把沾滿了蘿蔔泥醬油的炸雞塊塞進嘴裡說道：

「原來你準備幫這個叫做薩亞的小鬼脫離苦海呀？看來這次也沒錢可收吧！那我就算你便宜一點好啦。帶子剪接好後還是寄到池袋警察署的生活安全課，對吧？」

「沒錯。」

我點頭回答。

「那麼，你的聲音還得再經過特殊處理才行。這下那聲音終於能派上用場了。」

辦設計毒販那件案子時，他曾把我的聲音配成《福星小子》女主角「拉姆」的聲音，這次不知他又要配成什麼了。無線電迅速把便當吃個精光，旋即在鍵盤前坐了下來。

「現在剪接帶子已經比幾年前簡單多啦。以前剪接一捲帶子麻煩得要命，如今有了非線性數位剪接技術，只要花個一小時就大功告成了。好了，阿誠，告訴我要把哪幾段剪進去吧！」

我點了個頭，湊在無線電的肩膀後頭開始端詳起液晶螢幕上的薩亞。

錄影帶剪接果然如無線電所言十分簡單。只要點選需要剪接的地方，剩下的就只要以拖拉（Drag & Drop）的功能把不同片段像堆積木一樣連接起來就行了。約略四十分鐘的影像就這麼被剪接成了一個七分鐘的影像檔，一眼就能看出這是一個未成年員工對非法雇用他的伴遊中心的控訴。

「好，接下來要處理的就是你的聲音了。之前我也說過，以變聲器（Voice Changer）或等化器（Equalizer）變聲，要復原成原本的聲紋可說是輕而易舉。我這裡有個最近才取樣好的檔案，這下可找到機會用了。」

說完，無線電便開始吐著舌頭敲起了鍵盤。液晶螢幕下方出現了一格格抖動的聲紋，和我從螢幕兩旁的喇叭裡傳出的聲音完全同步。

「告訴我你的名字、年齡，還有住址。」

無線電興奮地直撥著遮住眼睛的頭髮說道：

「現在把這聲音轉換成我取樣的檔案試試。」

只見他移動著滑鼠，並按下左邊的滑鼠鍵點選某個選項，這下聽到一陣慵懶的女孩嗓音：

「告訴我你的名——字、年——齡，還有住——址。」

無線電得意地問道：

「看到了嗎？阿誠？」

總覺得這嗓音似乎在哪兒聽過，但聽不太出來是誰。無線電一臉遺憾地說道：

「這是我從松浦亞彌上電視綜藝節目取樣下的聲音啦！哎，沒讓你聽出來，看來似乎還是不大靈光。」

看來像無線電這種嗜好與工作如此緊密結合的傢伙，即使日本如此不景氣也能過得很幸福。

這捲密告錄影帶在傍晚前便大功告成了。我拜託他幫我準備了兩捲備份，便暫時離開了無線電的機房，到他家前頭的便利商店買了白手套、郵票和信封袋，再回到無線電家。我戴上手套寫下池袋警察署的地址，接著便把錄影帶和幾張列印稿放進了信封袋裡。其中一張就是瓦拉迪那台停在賓館前的Estima的照片。

由於高中時代曾涉入一樁輕微的傷害事件（只不過輕輕揍了某個傢伙一下，醫生卻診斷需要一星期才能痊癒），池袋警察署的檔案裡可能還留有我的指紋。

一切準備就緒後，我便向無線電道了聲謝，準備離開他的機房。只聽到這傢伙撥著蓬鬆的頭髮說道：

「反正下次你還會來找我搞錄影帶，就讓我先替你準備好你中意的聲音吧。你想要誰的？」

我邊穿著還沒風乾的球鞋，邊想到一個人。或許和自己的聲音差異大了點，但覺得這個人的聲音還不賴。

「那，就洋基隊的松井好了。」

無線電一聽似乎煩惱了起來。

「棒球選手平常都不大講話呢！那我就在硬碟裡盡量多儲存一點體育新聞好了。」

我把剩下問題留給無線電去傷腦筋，逕自走上了江古田的街頭。

在朝西武池袋線的江古田車站走去的路上，我把包裹扔進了限時信的郵筒裡。這下已經沒多少時間了，生活安全課在幾天內應該就會有動作吧。Gata曾說過臥底調查應召站或伴遊中心很吃力不討好，不僅調查起來麻煩，涉案者的刑責也多屬輕微。但這件案子牽涉到非法營業和利用未成年者，不僅新聞性夠強，這捲錄影帶也會成為調查上的強力後援。

看來Wild Night即將蒙受毀滅性的打擊。唯一的問題是該怎麼處置曾身為民主鬥士、現在卻強逼小男孩賣春的皮條客賈龍・瓦拉迪。

到了江古田車站月台上時，我翻開行動電話，也沒確認就撥起了崇仔的號碼。待接電話的人一把電話轉給國王，我便開口問道：

「那輛賓士RV還在嗎？」

崇仔語帶驚訝地回道：

「還在呀。怎麼了？」

「崇仔，有捲錄影帶想讓你瞧瞧。那台車上還有錄影機和螢幕吧？」

崇仔罕見地語帶笑意回道：

「你身邊怎麼老是發生這麼多怪事？聽起來要比G少年的聚會什麼的有趣多啦。看來我偶爾真該去你們店裡當一下水果行的店員。」

我試著想像崇仔這個帥哥站在我家店裡會是什麼模樣。只要印上他一個吻，一顆柳橙或許就能賣到三千圓吧。或許全池袋的女孩都會被他吸引到我家店裡來呢。接著我開始想像起自己穿著絲綢西裝、開著一台Range Rover上市場採購的模樣。醒醒吧，阿誠！

「讓我考慮考慮。」

接著我就和他相約在西口公園的東武百貨出口碰頭。這件案子從頭到尾都是我自掏腰包辦的，真不知道我的戶頭哪天才能衝破七位數。

太陽在濛濛細雨中悄悄下山。在車內，兩名G少年的親衛隊坐在前座，我和國王則並肩坐在後頭。儀表板上衛星導航系統的螢幕與後座的液晶電視上同時播放著那捲密告錄影帶。畫面上，一個來自緬甸的男孩正在傾訴自己如何遭伴遊公司的司機軟禁並被迫賣春、接下來他說出了賈龍·瓦拉迪的住址。崇仔冷靜地說道：

「看來若要讓你拚命，只要找個小鬼來哭一場就行了。阿誠，你還是這麼天真呀！」

就當崇仔這番話是在讚美我吧，反正只要「左耳進，右耳出」就行了。外頭依舊下著冷冰冰的雨，但開著暖氣的賓士RV車內卻是熱到車窗起霧。崇仔一個釦子也沒扣，披著一件宛如和紙般半透明的白襯衫，大概比薩亞那件化學纖維的白襯衫貴上一百倍。原來今年春天流行穿白襯衫呀。我盯著他的雙眼說道：

「我還不知道該怎麼給這司機一點教訓。總之，希望能把他嚇得屁滾尿流，讓他不敢在這一帶再威脅薩亞。」

崇仔嘴角噘起約五釐米說道：

「看來該我們出場了。」

「正有這個打算。」

我把緬甸監獄裡「騎機車、扮模特兒」，還有「鐵路」這些證明人類的想像力有多卓越的嚴刑拷打告訴了他。崇仔聽了懊惱地說道：

「看來不管哪個國家都愛搞這一套！如此看來，一點點小教訓想必是無法教他屈服的。」

我以指尖拭去些許車窗上的霧氣。只看到幾個OL在雨中快步趕著回家。

「是呀，而且時間也只剩下兩、三天。必須趕在警察逮到這司機之前給他來個震撼教育。我想拜託你的就是這件事了。」

池袋的小鬼之王一臉平靜地望著螢幕上的薩亞。

「要試試我是不會介意，但如果暴力對這傢伙無效，那除了把他做掉之外，還有什麼其他法子嗎？雖然是受你之託，要做掉一個你已經向警察密告的傢伙，我可提不起勁。不過若真的要幹，方法也不是沒有。」

崇仔抬起雙眼，露出了一個開心的笑容。我記得自己當時在那台德國RV裡熱得渾身冒汗，但在那瞬間背脊卻是一陣發涼。

要這個年輕國王取皮條客的一條命，未免也太殺雞用牛刀了吧。

接著他們就用這輛賓士RV把我送回我家店門口。老媽從我小時候就認識崇仔，所以也沒說什麼，但還是冷眼看著我步出這輛RV。她這一輩的，永遠無法容忍搞不清在做什麼工作的小鬼開的竟然是進口車。

當晚我正在關店門時手機響起。只聽到薩亞焦急的嗓音從電話那頭傳來：

「我現在正好回家拿換洗的衣服。賈龍在外頭等我。我只要照常和賈龍一起，繼續做這份工作就行了，對吧？」

「對。這幾天可能會發生一些事，但你只需要保持平常心應對就行了。」

我試著回想曾在薩亞這時身處的六疊大套房裡，看到他爸爸吳那凝視著昏暗房內一角的眼神，那眼神和賈龍．瓦拉迪的是一模一樣。吳到現在入夜後不開燈仍無法入睡。他倆在十五年前，都曾經歷過無數被套上黑頭罩的夜晚。這時一個惡魔般的點子在我的腦海裡浮現，就連薩亞說了些什麼，在那一瞬間都沒聽進去。

「好了，那我先掛電話了，再不走不行。」

「且慢。薩亞，瓦拉迪是不是也和你爸爸一樣，得開著燈睡覺？」

薩亞馬上就給了我答案。

「阿誠先生怎麼知道？賈龍睡覺時，整戶公寓的燈都得開著呢。好了，那我先走了。」

「好吧。」

我茫然地回道，接著便陷入了一陣沉思。不知如果讓賈龍・瓦拉迪在日本再經歷一次戴上黑色頭罩的夜晚，他會有什麼反應？

接下來的兩天我專心照顧店裡的生意。綿綿春雨停了，終於又盼到了和煦的春日。這段時間裡我只做了兩件簡單的事。

首先，我打了通電話到吉岡的手機。我一報上名字，這傢伙便不高興地說道：

「原來是阿誠呀。好久不見了。現在還在和那些混混勾搭嗎？」

我也沒空向他問好，沒時間了。

「聽說你們收到了一捲錄影帶。」

從他的嗓音聽來，這句話似乎讓他衝破了忍耐的極限。

「你怎麼知道？」

「街坊流言囉。」

這下我聽到他似乎在搔著什麼的聲音。看來吉岡稀疏的頭髮仍持續往後退。警察果真是個壓力沉重的工作。

「又是靠你那群小鬼的網絡呀？那麼，你知道多少？」

「有家地下伴遊公司利用未成年的南洋男孩賣春。」

只聽到吉岡低吟了一聲。我繼續說道：

「那男孩是我的朋友。」

搔頭皮的聲音變得更劇烈了。看來他碩果僅存的頭髮又犧牲了好幾根。我說道：

「別再搔了啦！接下來我要問你一些問題，你只要回答YES或NO就行了。吉岡先生，我也是站在保護那男孩這邊的，拜託你了。」

聽得出這個少年課的刑警已經開始不知所措了。

「好吧，就當是看在太陽60通內戰那次的份上。你就問吧，我會盡量回答。」

我旋即開口問道：

「生活安全課已經開始展開調查，將在近日檢舉這家伴遊公司？」

「YES。」

我看了店裡的月曆一眼，上頭是張胸部大如西瓜的女孩莫名其妙趴在地上抬頭仰望的豔照。今天是星期四，這禮拜只剩下兩天了。

「而且你們將在這禮拜結束前行動。」

「YES。」

會是星期五晚上，還是星期六下午？相較之下，生活安全課應該會選擇聚集最多客人和員工的星期六出手。看來明晚就是最後機會了。我對這十年來和我恩怨不斷的刑警說道：

「謝啦，吉岡先生。下次找機會來我家店裡一趟吧！我會送你麝香哈密瓜❹當謝禮的。」

吉岡不屑地笑道：

「那我將以賄賂罪逮捕你。放手去幹吧，幫我們好好保護那個孩子。」

我再度道了聲謝，接著便掛斷了電話。雖然他是個頭髮稀疏、個子矮小、滿頭頭皮屑的刑警，但畢竟是個好人。

下次打電話到伴遊中心時，還是報上別的刑警的名字好了。

把店裡的生意交給老媽照顧後，我便出門走向池袋東口。金華堂是一家貨色齊備的手工藝材料行。雖然常從門外走過，卻未踏進過店門一次。

我朝收銀台裡身穿深藍色制服的女店員問道：

「布料區在哪裡？」

這個大概比我矮了二十公分、體重看來卻和我差不多的店員一聽，便領我到堆滿了整面牆的布料區。自己動手畢竟麻煩，加上這店員又很和氣，我最後還是決定拜託她幫忙。

「幫我剪兩公尺的黑布吧。」

我挑了一塊觸感宛如春夜般柔和的絨布。只見她以一把巨大的布料剪刀輕輕鬆鬆為我裁下了一塊。接著我便提起這塊被折成一小塊的黑夜，走向大排長龍的收銀台。

⚜

打從中學家政課以後，這還是我第一次碰縫紉機。打烊後的深夜，我還在廚房飯桌上忙得不可開交，剛洗完澡的老媽見狀探過頭來問道：

「你縫這袋子，是要用來裝靴子的嗎？」

這只隨隨便便縫起來的袋子的確是這個大小。拿來裝球鞋嫌太大，裝長筒靴可能又嫌太小。我邊繼續和速度突然放慢的縫紉機搏鬥邊回道：

「算是吧。今晚非把它縫好不可。」

老媽端詳了我的眼神好一會兒後問道：

「讓我猜猜：你縫這袋子是為了幫那個緬甸來的孩子，對吧？」

我點了個頭，老媽便拍拍我的背說道：

「那就讓我來吧。你先去洗個澡，洗好前我就會幫你縫好啦。或許你看不出來，但我唸書時也曾是

---

❹マスクメロン（Musk melon）：十九世紀末在英國福克斯頓伯爵莊園中開發並命名的水果，一九二五年日本引進栽種並成為送禮首選的高價水果，以本州的靜岡縣、四國的高知縣出產的麝香哈密瓜最為出名。

個手工藝高手呢。」

老媽果然不是蓋的。當我三十分鐘後洗完澡時，一只美麗的黑色袋子已經大功告成了。用這只四角形的絨布袋來罩那皮條客的腦袋，簡直是太可惜了。就連開口處都給滾上了邊，接合處也都縫得十分整齊。

我把這頂黑色頭罩套在頭髮還來不及擦乾的腦袋上。這塊密不透風的棉絨布果然完全不透光，整個腦袋彷彿被包覆在一團絕對的黑暗裡。我戴著頭罩對老媽說：

「縫得真棒呀。謝啦。」

開始收拾起縫紉機的老媽嘆著氣回道：

「阿誠呀，你該不會腦袋出問題了吧？」

看來我的腦袋或許真的出了問題，竟然想得出這種刑罰。不知道單純的暴力和能把人逼瘋的精神折磨，到底哪個比較恐怖？這問題連我自己都無法回答。

星期五深夜，我們分乘兩輛車前往池袋二丁目的賓館街埋伏。開在前頭的克萊斯勒PT Cruiser坐了四人，我和崇仔搭乘的賓士ＲＶ也坐了四人。大家都在等待瓦拉迪下班回家。

雖然是週末夜，但凌晨一點半過後，街上的行人也是寥寥無幾。伴遊中心雖然是二十四小時營業，但薩亞曾提過司機是兩班制的。根據他提供的訊息，瓦拉迪大都在凌晨兩點前就會回到位於賓館街的住處。

瓦拉迪住的是一棟十二層樓高、看來頗為高級的公寓。在開著耀眼夜燈的玻璃帷幕入口旁，以遙控器控制的地下停車場入口看來彷彿一張漆黑的大口。這時崇仔的手機響起，身穿一襲Garçons黑西裝的國王接起了電話。只回了一句話，崇仔便掛斷電話，並告知我：

「瓦拉迪的Estima已經離開辦公室了。再過兩、三分鐘就會到這兒。」

我一聽馬上向大家說道：

「拜託大家就照我們排演的來進行。尤其是崇仔，可別搞砸了我為你寫的台詞。」

池袋之王笑了笑，並朝我揮揮小抄回道：

「阿誠，每次碰到緊要關頭，我哪次搞砸過？」

的確從來沒有。因為心有不甘，我並沒有回半句話。

「來了！」

坐在駕駛席上的G少年低聲喊道。接下來的重頭戲不消九十秒便宣告結束。在這段短短的時間裡，我唯一能做的只有坐在賓士ＲＶ的真皮座椅上，祈禱一切順利完成。

當瓦拉迪的白色Estima一減緩車速駛向停車場大門，停在前頭的PT Cruiser便以長長的車頭擋住了入口。瓦拉迪短促地按了一聲喇叭，接著便降下車窗探出頭來喊道：

「喂，別擋路，趕快開走！」

趁瓦拉迪急躁地大喊之際，一個原本躲在人行道花圃裡的G少年彎低身子，從Estima的後方悄悄走向車頭。可以看到以頭套遮住整張臉的他手中握著一個和電動刮鬍刀大小相仿的東西；那是一支稍稍加強了電壓的電擊棒。只見這個G少年將電擊棒的尖端往瓦拉迪的右肩頭一按；既沒冒出一絲火花，也沒傳出任何聲響。

但是，開車的瓦拉迪雖綁著安全帶，卻已經像隻被釣上的魚般渾身激烈地痙攣不停。瓦拉迪似乎開口想喊些什麼，卻完全喊不出聲。待另一名G少年拉開門鎖、打開車門時，他的上半身已經整個垂在安全帶上了。這時又有兩個小鬼趕了過來。瓦拉迪似乎還沒完全昏迷，雖然痙攣不止的身子已經倒向地上，依然兩眼圓睜地瞪著這幾名偷襲者。

其中一名G少年以塑膠電纜將瓦拉迪的雙腳捆綁在一起，隨著「啪」一聲，他兩腳便被捆得緊緊的。膝蓋與揹向背後的雙手也被以同樣的方式固定。這些傢伙的動作可真俐落，不愧是常幹這種事的傢伙。最後，他們將一顆玩SM時用的帶球嘴套塞進了瓦拉迪流著口水的嘴裡，並把嘴套的皮帶在頭部後方緊緊固定。

同樣戴上頭套的崇仔走向已經動彈不得的瓦拉迪，手上提著那只彷彿把周遭的光全給吸進去的黑絨布頭罩。注意到頭罩時，瓦拉迪的身子雖然無法行動，卻仍然躺在地上激烈滾動著。我已經好久沒看到有人這麼拚命掙扎了，現在的他簡直就像條熱鍋裡的毛毛蟲。

崇仔把頭罩套到這傢伙頭上，輕輕把垂到他脖子上的繫繩綁成一個蝴蝶結。接下來國王便以毫無感情的語調唸起了我事先寫好的台詞。雖然崇仔的演技乏善可陳，但看得出對方仍然已經被嚇得渾身差點沒結成冰了。

「聽說，你在我們的地盤上剝削小鬼大賺黑錢？」

頭戴黑色頭罩的瓦拉迪已經陷入過度呼吸的狀態。西裝外套下裸露的胸脯已是汗如雨下，而且還以教人難以置信的速度上下起伏著。

「給我聽好，今晚不過是給你一點教訓，要是你以後還敢利用小鬼在我們地盤上搞鬼……」

說到這裡崇仔停了下來，轉頭看向我並揮揮手。

「……我們就會讓你痛不欲生。聽到了嗎？到天亮為止，你就給我戴著這東西好好想清楚！」

話畢，崇仔點了個頭，幾名G少年便打開了Estima的車尾廂，把瓦拉迪給扔了進去。接著崇仔便把在助手席上顫抖個不停的薩亞帶回了賓士RV裡。

G少年們迅速將Estima駛離現場後，我降下車窗朝這男孩喊道：

「薩亞，你沒事吧？」

只見薩亞看到我後似乎安心了點，但仍然憂慮地問道：

「你們要把賈龍給殺了嗎？」

我還來不及回答，開始脫起頭套的崇仔搶先問道：

「我演得那麼恐怖嗎？」

薩亞趕緊點點頭。這還用說。剛才表演的全都是G少年常耍的伎倆，所以其實可以算是一部紀錄片吧。我搖搖頭回答：

「我們沒打算殺他。崇仔，你剛才那哪叫演戲？不過是照你平常的方式唸唸稿罷了。好了，此地不宜久留，你們趕快上車吧！」

擋住停車場入口的PT Cruiser已經早一步駛離，轉個彎駛出了賓館街。坐著薩亞與崇仔的賓士RV，則在深夜的街頭朝薩亞位於下板橋車站附近的家緩緩駛去。

當天下午五點，Wild Night便遭到池袋警察署生活安全課的突擊取締。數名喬裝成客人的刑警，把未成年的員工召到賓館，一確定掌握證據後，十幾名本隊人員便即刻衝進了伴遊公司位於池袋二丁目一戶公寓內的辦公室。

四十二歲的老闆鳥居隆介與一個受雇於他的司機當場被逮捕。當時在現場的五名員工（其中兩名未成年）則被帶往池袋警察署接受偵訊。當天沒上班的另一名司機賈龍．瓦拉迪則將在日後被傳喚偵訊。

星期六深夜，賈龍．瓦拉迪被人發現躺在一台遭人棄置的Toyota Estima裡。警方接獲通報趕赴現場時，發現帶著頭罩的瓦拉迪已是屎尿失禁，昏倒在塞滿自己嘔吐物的頭罩裡，便趕緊將他送往醫院急救。據說雖然有嚴重脫水的現象，但瓦拉迪並沒有生命危險，唯一的傷只有肩頭的輕度灼傷。

身體上的傷是沒什麼大不了，我原本很擔心這件事會不會在他心裡造成嚴重的傷害，但或許是我這日本色狼想太多了。

給瓦拉迪戴頭罩那晚，我們在薩亞家的木造公寓前和他道別，並吩咐他屆時向警方謊稱自己看到瓦拉迪遇襲時，因過度恐懼而自行逃離現場。因此薩亞並沒有和哪些人會合、也沒看出任何嫌犯的長相，看到的就只有幾個頭戴黑頭套的黑道分子。

送完薩亞後，接著便輪到送我回家了。在回程路上，崇仔望著窗外對我說道：

「你這次和上次那場內戰時一樣，只要認為自己是對的，就什麼麻煩事都幹得出來，果真是隻瘋狗。你和我或許其實屬於同一種人呢！」

雖不認為自己和這冷若冰霜的池袋國王是同一種人，我還是點了個頭敷衍過去。崇仔繼續說道：

「至於那黑色頭罩，我覺得那要比身體上的嚴刑拷打還殘酷。你也真夠邪惡，竟然想得到炮製這種軍事政權的花招。」

或許沒錯。使了頭罩這一招，連我自己也被搞得很不舒服，但我一句話也沒回答。崇仔以餘光瞟著我繼續說道：

「不過，在這種地方混，偶爾可能就該這麼邪惡。接下來還得替那小鬼物色一份工作吧？」

我點點頭，崇仔便說道：

「我就替他找份適合的差事吧。」

在池袋，有幾十個街頭混混願意為這個國王賣命。這下我似乎稍能理解箇中原因了。

崇仔幫薩亞父子在一間位於練馬的衣料倉庫找到了工作。這份差事只需根據零售店的訂單，在寬敞的倉庫中找出衣服裝箱，以肉體勞動來說還算不上嚴酷。

薩亞都在放學後去上班，吳則是每天下午到倉庫工作幾小時，勉強能填補少了伴遊中心的薪水後的財務空缺。不過他們一家還是不可能加入健康保險，或搬到更大的房子。對難民來說，日本依然不是個天堂。所以每逢星期六，薩亞依然會上我家店裡拿一些賣相不好的水果。

那天是個暖和的五月天。和我老媽已經混得很熟絡的薩亞，正在店鋪後方的電視上看職棒開幕戰的最後一場比賽，我則蹲在店門口把全壘打哈密瓜削塊裝盒。正當我以水果刀削掉變成褐色的果肉時，聽到頭上有個聲音說道：

「你好呀，阿誠，我來拿哈密瓜啦。」

原來是池袋警察署的吉岡。

「你們這次幹得好。那個名叫瓦拉迪的傢伙被查出非法滯留，已經從池袋警察署被移交給入國管理局了。」

說完，吉岡便朝店內揮了揮手。薩亞當時被帶到生活安全課和少年課兩處做筆錄，負責的正是吉岡，因此兩人已經認識。只聽到吉岡朝薩亞喊道：

「過得還好嗎？長大了可別變成阿誠這種窮光蛋喲！」

我把四分之一、削了皮的哈密瓜串上竹籤，遞給了吉岡。

「還敢說我，你自己還不是同一件大衣穿十年！」

記得我還在唸中學時，就看過吉岡穿這件米黃色的大衣了。當時這個刑警的頭髮還沒現在這麼稀疏，我也還和現在的薩亞一樣單純。我試著想像自己和薩亞十年後會變成什麼模樣。但不管想像力有多豐富，哪有人能預測十年後的未來？所以我們才會懂得安分地過著現在的日子吧。我朝店裡喊道：

「薩亞，你也過來吃點哈密瓜吧！」

在曬得人連心都發暖的春陽下，我們三個窮光蛋就這麼在西一番街的人行道上並肩吃起了哈密瓜。眺望著自己摯愛的街景時，哈密瓜吃起來似乎也變得特別香甜。

吉岡吃完把竹籤一扔，表示還有些文件得處理，便沿人行道走回了池袋警察署。窮歸窮，這刑警還真是夠忙的。薩亞朝積滿吉岡頭皮屑的駝背背影合了個掌。和煦的春風，吹得吉岡的大衣下襬不斷飄揚。

當時我在做什麼？聽了可別說出去；我和薩亞一起朝那傢伙的背影合掌膜拜。畢竟一個人值不值得尊敬，和他有多少頭髮或多少錢沒有任何關係。

池袋ウエスト
ゲート
パーク

電子之星

我們的心靈已經有一半生活在電子世界裡。

電子以近乎光速的速度串聯各大洲，讓世界各地同時享有並在好意的網路上交換各種資訊，打造出一個免費且民主的開放社會；這裡有三十年前錄音的交響樂團公演（教人感動的是檔案大小只有五九〇MB）、轉為電子檔案的世界名著（不管內容多好檔案都是輕薄短小，大多只有一至兩MB）、去年秋天才出道的偶像明星的首齣廣告片（區區五MB），以及某家電視台的新聞女主播的偷拍畫面（暗得看不清的二．五MB），全都被檔案化保存在網路上。

在這裡只需點選一下，任何資訊都能下載。任何一台台灣或馬來西亞製的廉價電腦，都成了進入藏有全世界的影像、文字與音樂資訊的電子世界的窗口，讓我們成為人類史上第一個人人擁有一座巨大的古埃及亞歷山大圖書館的世代。想必這位名垂青史的國王一定也會羨慕我們吧。不管再怎麼窮，現在的人不僅隨時吃得起冰淇淋，還人人擁有一座圖書館呢！

但理所當然的，電子網路對俗惡品味也是完全寬容，因此不管是自縊、投水、自焚，還是跳樓等種種死於自殺的屍體，以及搶劫、強暴、自殺炸彈攻擊等犯罪現場的高解析度影像也同樣充斥於網路上。原來這虛擬世界其實也和我們的現實世界同樣多采多姿。壞人絕對會找到壞東西，好人也同樣會找到好東西，不管在真實世界還是虛擬世界，這都是不變的真理。我的想法或許太天真，但這世界其實不就是這麼回事？我最近剛讀完一套還不錯的網路小說，裡頭就有這麼一句標語：

「美好的搜尋，就是美好的人生。」

這句話一點也沒錯。人不管要尋找什麼樣的答案，鍥而不捨的搜尋永遠都是最重要的手段。今年夏天，我在池袋要搜尋的是一個勇敢的男人。他自願墮落地獄，並且試圖在其中抓住某個保證光明未來的東西。他是否成功了，我至今還不知道，因為希望的棒子已經轉交到下一位跑者手上了。而接棒的傢伙如今仍在東北方日本海沿岸的山形縣某處繼續奔馳著。

接下棒子的第二位跑者是個如假包換的窩囊廢，在網路上使用的暱稱也真的是「DOWNLOSER」。接下來我要講的是個在恐怖得教人無法正視的影像大量出現的初夏，一個廢物如何成為一個真正的窩囊廢的成長故事。

其實你也活在這個世界上，應該不難了解在我們這個半真實、半電子的世界裡，要成為一個真正的，而非虛擬的窩囊廢，其實是樁難度很高的差事。

看來我偶爾也該朝西口公園的月亮咆哮一番。這麼一來，或許我也能成為一隻窩囊到極點的喪家犬吧。

今年的夏天並沒有為池袋帶來任何變化。唯一和往年不同的就屬氣溫還算涼快。年年風靡所有女性的美白熱潮照樣風行，在身上紋身也照例流行。在街頭蹓躂的良家婦女肩膀和腳踝上刺著機器留下的樸素花紋，其中又以深藍色居多，想必大家刺上這清爽的夏日藍，是為了便於搭配牛仔褲使然吧。一如去年，黑人皮條客依舊駐足街頭，小鬼們也依然戴著項圈般的手機在太陽60通上閒晃。

我常在想，這時代所謂的流行，大都只在某家小店舖或某個小團體裡像蚊香般燒起，並且在冒出火焰前便宣告結束，已經很難再出現如颱風般席捲一切的流行了。想必算得上是個讓廣告業者頭痛的時代。就連最好騙的年輕人，現在個個都溼得連火都點不著。

雖然東京莫名其妙地模仿起曼哈頓，一窩蜂地四處蓋起外觀大同小異的超高層大樓，但這些其實是蓋給不知道城市長什麼模樣的鄉巴佬看的。我的故鄉池袋雖然也蓋了兩、三棟高層住宅，但並沒有讓這裡居民的生活產生任何變化。我家店舖所在的西一番街，原本就曬不到什麼陽光，只要入夜後霓虹燈一亮起，這裡的人就不再有高低之分，個個都消失在暗處或狹巷裡。

若硬要說池袋有了什麼變化，大概就只有浪漫通上的ROSA會館❶的二樓多了TSUTAYA❷吧。由於距離我家不遠，所以建築物裡頭有間巨大的影音出租店著實讓我雀躍不已，尤其是看到從來沒看過的DVD排得琳琅滿目，更讓我讚嘆電影實在是個好東西。區區一部電影，就能將我們無聊的人生刪去整整兩個小時。

我常覺得，有機會嫌日子無聊就該盡情享受無聊。反正只要一碰到麻煩，任何人再不情願都要被捲進去，到時就連想去還租來的DVD都找不到時間了。

---

❶ロサ会館：位於劇場大道和浪漫通之間、一九六八年完工的複合式娛樂大樓，裡面有電影院、保齡球館、飛鏢場、網咖、電玩中心、各式餐廳、屋頂體育場（網球、五人制足球場），地下室還有陪酒俱樂部、Live House；TSUTAYA影音出租電則位於二樓。

❷日本販賣錄影帶、DVD、VCD、CD、書籍、電腦遊戲等娛樂商品的大型連鎖機構。

今年夏天，一份時薪高得破紀錄的兼職工作，成了群聚於ROSA會館和西口公園的小鬼之間的熱門話題。據說十五分鐘就能賺進三百萬，一小時就能賺進一千兩百萬。這消息照例從容易被不實的徵人宣傳所攪動的小鬼之間傳開，但未免也傳得太離譜了吧。第一次聽到這傳聞時，當時人在ROSA會館一樓的我佯裝在一只TSUTAYA的藍色背包裡找東西，暗地裡則豎耳傾聽。只聽到一個小鬼說：

「對呀，聽說那是份可怕的差事呢。而且後頭當然有兄弟在撐腰囉。」

兄弟指的當然是黑道。講到這裡，這傢伙又開始壓低嗓音搞起神祕來。但即使電玩中心的噪音震耳欲聾，他的聲音還是聽得一清二楚，這傢伙的嗓門想必有問題。

「聽說他們好像會在觀眾面前拿獵物來打呀砍呀的。有時也會把人殺了，或者搞到奄奄一息。據說拍下過程的ＤＶＤ，一片要價七、八萬呢！」

只見這傢伙晃動著身上寬鬆的Ｔ恤，以肢體語言來表達這有多恐怖，活像在表演兒童話劇。身邊一個傻瓜緊張兮兮地喊道：

「這麼恐怖？」

真是夠了。我把ＤＶＤ放回背包裡，走上浪漫通。這些傻瓜還真害我浪費不少時間。和鬼故事一樣，這種snuff video❸的傳聞每到夏天就會出現。想也知道，這種東西哪可能出現在日本嘛。要是真有人把殺人的影像拿出來賣，警察哪可能不插手？

現在日本如此不景氣，這些傢伙可能會有好一陣子找不到工作。年輕男性的失業率已經逼近百分之十三，像他們這種腦袋，即使在東京首都圈也沒半點機會。只要稍微算算看就知道了，有幾個人會花七萬買這種ＤＶＤ？賣出一百張只賺個七百萬，扣掉工錢、攝影費用，以及零售業者的利潤，手頭上還剩得了多少？

甘冒風險在這種沒賺頭的差事上鑽營個十年的傢伙，至少在懂得算計的黑道中想必找不出一個。而且賣得愈好就愈有可能被逮到，再怎麼算都不是個划算的差事。

我嘆了一口氣，沿浪漫通走回西一番街。背包裡裝有三張中國片和韓國片的ＤＶＤ。對我來說，這遲來的亞洲片熱潮就是今年夏天的流行。

和電車停駛同一時間打烊後，我回到了自己的四疊半房間。三千圓的麝香哈密瓜、兩千圓的西瓜、一千圓的麝香葡萄。託池袋這些可愛醉漢的福，愈貴的水果賣得愈好。我家一樓是水果行，二樓是自宅，住商兩用，上的是離家最近的班，因此我二十四小時都活在ＪＲ池袋車站的噪音裡。

開始觀賞ＤＶＤ前，我照例將Mac開機，並下意識地將滑鼠移向電子郵件的ICON上點選了一下。我這台去年安裝了ADSL的電腦就在一瞬間下載了郵件。電腦不過是個道具，豈有下載檔案還要讓人等的道理？所以安裝寬頻是絕對必要的。

❸鼻菸膠卷（或電影）：目前中文世界仍沒有固定譯法，今日是指一種非常小眾、次文化的恐怖片類型，以真實的強暴、虐殺、自殘片段為賣點（當然多數都是假的），通常拍攝手法極為粗糙，但也留下如《食人族大屠殺》等幾部經典電影（因為拍得過真實，事後劇組人員遭到警方調查）。然而首度使用這詞來命名的是一九六〇年代末期在加州犯下連續殺人案的曼森家族，其內部的成員拍下殺人過程打算製作成影片，而後一直有這類實境殺人影片在影迷之間流通的傳言。

郵件只有一封，是個我從沒聽過的人送來的。DOWNLOSER。原本還在猶豫是否該刪除，但看到裡頭並沒有可疑的附加檔案，就開了郵件來瞧瞧。

池袋當紅的trouble shooter

真島誠先生　收

我有個好朋友在池袋失蹤了。

求你幫忙找到他。

已經為你準備了一些酬勞。

聽說你在豐島區是個有名的萬能高手。

幫幫我這個忙吧。

不幫的話，可別怪我在網路上散播對真島水果行不利的流言。

DOWNLOSER

又是一封素昧平生的傢伙傳來的郵件。每個網站上都聚集了一堆這種敗類。由於網路實在是太直接了，會讓人罹患一種無法查知自己與對距離的距離感喪失症，這個小鬼就屬於這種無法建立正常人際關係的傢伙。

我毫不猶豫地將這封礙眼的郵件扔進了垃圾桶。將一張以文革時代的中國農村為舞台的電影DVD放進了Player裡。

不過，這種傢伙最讓人困擾的，就是他們總是學不到教訓。隔天早上，我又收到了兩封郵件，內容在涼爽的夏日早晨讀起來教人分外愉快。

喂，姓真島的！
人家這麼誠心發郵件給你，
你這個混帳至少也該趕快回覆吧？
都已經告訴過你這份差事是有賺頭的了。
這件事可是十萬火急呀，
我的好朋友就快沒命了，
還不趕快給我一個答覆？

第一封的語氣要比昨晚的郵件還要狂妄，讓我覺得自己這台Mac的硬碟彷彿都被玷汙了，所以一讀完，馬上刪除了這封郵件。原本打算直接把第二封也刪掉，但想起「我的好朋友就快沒命」這句話，又覺得還是先看一下內容再說。

真島誠先生　收

想必是我之前發的郵件惹您生氣了吧，

因為我不知道在東京副都心的池袋，

道上人士都用什麼語氣說話，

所以才刻意寫成那個樣子。

之前說的都是真的，

我朋友寄了一大筆錢給家人後，就失蹤了。

而我在東京沒半個朋友，不知道該拜託誰。

後來終於在網路上看到真島先生的傳聞。

今天我會搭早上第一班新幹線，

下午兩點左右應該就會到池袋。

希望您至少能和我碰個面。

拜託您務必撥空成全。

我從沒在網路上炫耀過自己曾處理過哪些棘手的問題。當然，也從來沒把這當成生意，每次都是以當義工的心態為人解決問題，完全沒收過人家一毛錢。想不到竟然會有人傻到大老遠搭新幹線過來拜託我。

而且，口氣狂妄的第二封和態度謙恭的第三封之間的發信時間，僅有七分鐘之隔。真不知道這傢伙有的是什麼樣的人格。一想到今年夏天第一樁案子竟然是受一個情緒不穩定的網上小鬼所託，心裡頓時感到一陣鬱悶。

看來該考慮暫時關閉水果行，找個地方躲一陣子才是。

老媽絲毫不為我提出的幾個暑假計畫所動。她的口頭禪是不管生意好不好，店就是得天天開。她也說錢即使賺得再多，也是永遠不嫌飽的。這讓我想起自己寫的專欄，只好無奈地繼續營業。不管有沒有點子，截稿日還是得恪守；照這道理，水果也只得每天賣。不管經營店面還是寫文章，信用永遠是最重要的。

後來我只得拿雞毛撢子撢撢西瓜，百無聊賴地看著店裡的水果慢慢變熟，和平常一樣無聊地打發著時間。

至於那傢伙有沒有依約來找我？

他果然準時在兩點整來到了我家店門口，證明他並不是個只敢出一張嘴的網癡。不過即使在熱騰騰的暑氣中，他看起來還是像個幽靈似的，讓人難以感覺到他的存在。

「你好，抱歉打攪了。」

這名矮個子向我說道，看來他的年紀大概要比我年輕一些。我說了聲歡迎光臨走向店門，只見他面帶怯色地看著我，並且抬起提著一只白色塑膠袋的右手向我問道：

「你就是真島誠先生嗎？」

他身穿的淺藍色T恤上印著不知是Centris還是ADRA什麼的老麥金塔電腦昔日的插畫，下頭則套著一件尺碼不大合的深藍色無刷洗牛仔褲，渾身的古怪裝扮讓人不知該說是時髦還是老土。我點點頭，並看向他的左手。只見他左手上提著一只附有車輪的中型旅行箱，看來才剛買不久。

「我就是阿誠。看來你真的是搭新幹線來的呢！」

他朝店內打量了一會兒，接著垂下了高舉的右手，低下頭來說道：

「我從山形買了些櫻桃來送你，看來該送些別的禮才對。」

我收下了他遞過來的塑膠袋，探頭朝袋裡瞧。只見透明的泡殼裡雜亂無章地擠滿大小不一的櫻桃。接下來我也隨著他的視線朝店裡打量了一番。大小差異不超過一釐米的櫻桃裝盒後，簡直就成了珠寶盒，賣相好的一盒就要價五千圓。只見他瞇起眼睛抬頭仰望起池袋西口，這景色在他眼中想必十分耀眼吧。

「看來好東西都到東京來了。鄉下果真什麼都比不上，看看我就知道了吧。」

只見他下垂的雙肩散發著壓倒性的負面能量。窩囊廢。看來這暱稱的由來已經完全不需要解釋了。

「老媽，店就交給妳啦！」

我朝二樓喊道，提在手上的塑膠袋也沒留下就走出了店門。

「走吧。先把情況告訴我。」

這傢伙毫無生氣的兩眼看向我，面帶驚訝地問道：

「阿誠先生真要幫我這個忙嗎？」

怎麼覺得和這傢伙走在一起，連我也要感染上他的負能量了？我覺得自己似乎提不起半點幹勁，但還是回答道：

「總之，先把情況說來聽聽吧！」

濫好人阿誠。說完，我便伴著這個拖著一只喀啦喀啦作響的行李箱的小鬼，走在西一番街上。雖然這開場讓人提不起勁，但我還是在無意間領著他走向了西口公園。

一到圓形廣場，他就小心翼翼地將行李箱放到長椅旁邊，眼神飄忽地環視起周遭。藍色玻璃帷幕的東武百貨、呈同心圓排列的噴水池、玻璃屋頂宛如金字塔斜面的東京藝術劇場。在鋪有石磚的廣場一角，遊民和上班族正表情嚴肅地賭著將棋。

「這裡就是阿誠先生的辦公室，叫做West Gate Park，對吧？果然和網路上描述的一樣呢。」

阿照從牛仔褲的後褲袋裡掏出手機，用上頭的CCD❹開始拍起照來。我只得不耐煩地望著這個今早才從山形進城的鄉巴佬。

「喂，有話就快說吧。我可沒空當你的東京導遊。」

只見他朝我按下手機上的快門，拍下最後一張後，才笑嘻嘻地向我問道：

「阿誠先生不會介意我把你的照片貼在我的網站上吧？」

這小鬼完全缺乏距離感。

「不行！」

我斬釘截鐵地拒絕後，他便露出了一個難過的表情。

「有話就快說吧。我沒多少時間。」

阿照坐回了長椅上，直盯著自己腳上一雙腳踝處被磨到爛的Converse黑色籃球鞋。看來這雙鞋已經陪他走過千山萬水了。

「對不起，看來我總是討人厭。有時要是我言行失當，麻煩你多多包涵。」

原本玩得那麼瘋，這下卻又正經了起來。看來這小鬼的情緒還真是難以捉摸。阿照從行李箱裡取出一台筆記型電腦，放在大腿上掀開。他點選了一個影像檔案夾，畫面便一一出現在螢幕上。裡頭淨是些阿照和另一個人在某家低消費居酒屋裡舉燒酒❺乾杯的畫面。為了讓我看到他失蹤摯友的長相，竟然如此大費周章。難道最近大家都已經不知道照片是可以印出來看的嗎？

「他叫做淺沼紀一郎，是我從小一起長大的朋友。去年春天他從我們山形的高中畢業後，便來到池袋一間攝影專門學校就讀。我雖然像其他一堆一起從高中畢業的同學一樣找不到工作，只能成天窩在家裡，不過紀一在我們班上可是稀有的贏家。」

我在刺眼的液晶螢幕上端詳起他朋友的長相。他有著濃濃的眉毛、堅挺的下巴和頸子。一臉曬得黝黑的樸實長相，倒是看不出他有多優秀。

「從你的電子郵件，可以看出你對輸贏很計較。」

坐在西口公園長椅上的阿照像是被吸進了黑洞裡似的，身子縮得愈來愈低。只見這似乎要縮成一隻螞蟻大小的小鬼不敢正視我地回道：

「阿誠先生是東京人，天生就贏一半了，所以對輸贏沒必要太在意。哪像我們家鄉那麼慘不忍睹。」

論東京，我說得上熟的也只有池袋這一帶。原本閉上了嘴的阿照這時又悄聲說道：

「我們高中在普通科裡等級算是最差的，畢業後全班三十六人裡只有兩人找到工作，而且還是靠關係才當上正式職員的。泡沫經濟崩潰後這十幾年來，山形已經沒什麼經濟規模可言了。」

我和他一同盯起他那雙籃球鞋問道：

「連打工的機會都沒有嗎？」

阿照冷笑著回答：

「也不是完全沒有。但時薪低得嚇死人，比方說一小時三百八十圓之類的。政府規定的最低工資早

---

❹ Charge-coupled Device：一種稱作「感光耦合元件」的影像感應器，這項發明令三位發明者獲頒二〇〇九年的諾貝爾物理獎。

❺ 酒精濃度約百分之二十五的蒸餾酒。

已形同紙上談兵了。即使幹全職、每天八小時的工作，一個月也只賺得到五、六萬，而且還得從這微薄薪資裡扣稅，但根本沒有國民年金或健康保險。所以，班上同學多數都只能窩在家裡。其實大家都想出門，但身上沒半毛錢，哪出得去。就這樣沒工作、沒未來、沒樂子、沒馬子。我們全都成了窩囊廢。」

沒想到日本還真大，看來一輩子待在池袋，有很多事是永遠看不到的。

「那麼，你平常都在做些什麼？」

只見阿照以從沒幹過粗活的纖細手指撫摸著筆記型電腦的上蓋回道：

「這年頭要窩在家裡，電腦就是必備的行頭。平常我要不是上線和過著同樣生活的傢伙聊天，就是到處上留言板瞧瞧。白天的電視節目全都無聊到極點，所以我們都靠這寶貝打發時間。阿誠先生知道什麼是Warez❻嗎？」

至少我也申請了ADSL，這點電腦用語哪可能沒聽過。

「就是非法拷貝收費的軟體，並且免費提供下載的意思對吧？」

阿照這下終於抬起了頭來，瞇起雙眼像在盯著環繞著西口公園的玻璃帷幕牆面說道：

「最早幹這種事純粹是為了好玩，但高中畢業後就利用這個來向這世界報復了。我們躲在鄉下的小房間裡，利用這個來向錢賺得飽飽的外界報復。我利用檔案交換軟體，盡可能非法下載軟體，裡頭包括3D動畫軟體、非線性剪接軟體、建築用的CAD軟體。有時一晚就能下載價值五百萬圓的軟體。現在我以和租DVD差不多的價位，把這些下載得來的軟體賣給家鄉的朋友。雖然賺不了幾個錢，但遲早要從下載者（Warezer）變成賣家（Trader）。」

時代果然在變。雖然形態和G少年截然不同，但阿照看來也算是個大惡棍。他在軟體王國裡雖是個罪犯，但在現實世界裡卻是個自閉的窩囊廢。感覺上沒大腦的小鬼在街頭互毆或舉刀互砍，簡直已經成了遠古的歷史。現實世界裡教人懷念的幫派時代……我抬起視線，望向頭頂上的櫸樹樹梢。今年夏天的綠茵依舊是美麗如昔。

「別光聊我自己了。把話題轉回紀一身上吧。」

性情多變的阿照這下又轉了個彎。

「紀一來到東京後，就進了池袋一間專門學校唸書。他和我一樣家裡沒幾個錢，所以好像從高中就開始打工存錢了。在寫給我的電郵裡，他告訴我為了賺取自己的生活費，每晚都打兩份工。他不僅如此勤奮，還勇敢到不怕隻身上東京來發展。所以絕對不是那種會突然消失的人。」

我端詳著螢幕裡的影像。阿照食指一點，就換了一個影像。這次的背景是一處不知是哪兒的河畔，照片裡的紀一牛仔褲捲到膝蓋，站在一顆有小貨卡大小的岩石前，背景裡的河水宛如天空般湛藍，陽光穿越其間的樹林也是一片翠綠。我只能目不轉睛地凝視著液晶螢幕。

「大約從三個星期前，我和紀一就失去了連絡。我用手機、電腦，甚至寫信，試圖和他連絡，但都沒收到任何回覆，手機也根本撥不通。一個禮拜後，就突然有人匯了三百萬圓進他老家的郵局帳戶裡。」

❻非法下載軟體。

聽來果真奇怪。難道他簽下一筆賣身契，跳上遠洋漁船捕鮪魚去了？不過這畢竟也是合法的工作，理應會連絡家裡，告知自己要離開一陣子才對。說到這裡，阿照一張嘴已經停不下來，繼續滔滔不絕地說下去：

「而且他們還收到了一封信，拜託家人利用這筆錢讓信也上大學。信也是紀一的弟弟，他簡直是個突變兒，他們家兄弟裡就屬他最優秀。信裡還提到他當初拜託我買了一台二手筆記型電腦，還欠我三萬五千圓，就從這筆錢裡拿出來還我。那封信我也讀過，裡頭什麼也沒提，就只交代那筆錢的事。」

我訝異地問道：

「已經離家三個禮拜，信裡既沒說明原因，也沒解釋他是靠什麼工作賺到這筆錢的？」

阿照點個頭，又點出了另外幾張照片。這些照片裡拍的不是正在玩RPG❼的紀一、就是佇立在某座停車場裡的紀一。看來他簡直像個變態似的，在這台電腦裡儲存了數不清的紀一的照片。阿照羞怯地說道：

「從小紀一就是我最崇拜的對象。我小時候體弱多病，在鄉下，身體不好的小孩註定要受人欺負。但住在我家附近的紀一往往會挺身保護我。所以，他這次失蹤著實教我難以置信。不管碰到什麼困難，紀一都會勇敢面對，絕不可能選擇逃避。」

「我知道了。」

說完我便站起身來。阿照也沒收起筆記型電腦，像隻小鳥般仰望著我問道：

「願意幫我這個忙嗎，阿誠先生？」

我抬頭仰望著東京藝術劇場上空的積雨雲，只見這些雲朵正不斷往外側膨脹，筆直地衝向豔陽高照的夏日天際。現在氣溫三十度，正是熱愛酷夏的我感覺最舒適的溫度，一股幹勁不覺油然而生。

「紀一既然住在池袋，想必也在這一帶打工吧？」

阿照連忙關起電腦，掏出一張寫有紀一住址的小紙條。待我一收下，他便說道：

「所謂酬勞，也只有紀一還我的三萬五千圓。請問這筆錢夠不夠？」

我搖搖頭回道：

「若得用到車馬費，我會從這筆錢裡扣。但我至今幾乎都沒收過錢，而且誰忍心拿一個家裡蹲的窩囊廢的錢呢？你說對不對，DOWNLOSER？」

我一準備要離開鋪著灰色地磚的圓形廣場，阿照便即刻收起電腦快步跟了上來。

⚜

紙條上的地址在西池袋。二丁目的二十四番地位於山手線沿線，與西口公園的直線距離大概不到五百公尺。我們就依地址朝紀一租的公寓走去。一穿越大都會飯店前的大馬路，四周馬上變成了擁擠的住宅區。在池袋這個地方，住宅區和酒店、紅燈區之間幾乎都是不分界的。

在電車喀噠喀噠的噪音下，我們走在擠滿形狀千篇一律的獨棟住宅與年輕客層偏愛的二手服飾店的單行道上。最後依門牌號碼找到的，是棟造型毫無個性的公寓。門牌上寫著「Sun Heights池袋」。

❼Role-playing game，角色扮演遊戲。

牆面是白色，窗框是白色，就連階梯和走廊上的扶手都是白色。我們踩上因有人撒了一地果汁而變得黏答答的階梯，來到二〇二號室門前。門牌上是手寫的ASANUMA❽幾個羅馬字。我朝阿照點了個頭，他便按下了對講機的按鈕。只聽到白色大門後頭響起一陣熱鬧的電子樂聲，卻沒半個人應門。我又敲了敲門，但也只聽到清脆的敲門聲，屋內仍舊沒有傳出任何聲響。

「紀一，你在家嗎？」

阿照的嗓音活像蚊子叫，但他可能已經使盡吃奶力氣喊了吧。

「看看進不進得去吧。」

阿照點了個頭，便在門邊蹲下身子。透過門邊一扇白色蓋子上的小玻璃窗，可以看到裡頭的瓦斯表和電表。阿照打開這個蓋子，撕下了電表後頭的一塊封箱膠帶，並且剝開這塊膠帶取出了裡頭的鑰匙。

「去年夏天我曾來拜訪過他。看來打那之後就沒人再用過這把鑰匙了。看這膠帶已經乾得像個舊輪胎似的。」

阿照用鑰匙打開了門。我一轉開門把，原本悶在屋內的夏日暑氣便一股腦兒地冒了出來。打開門後，我們馬上發現屋內沒半個人影。

以一個單身男人的家來說，屋內算是整理得十分整潔。但或許並不是這裡整理得宜，而是紀一根本沒什麼家當可以把房子弄亂。這裡是間套房，玄關右邊有個鞋櫃，進了玄關便是一條走道，右側便是浴室兼廁所的門。再進去就是一個六、七疊大，鋪有木頭地板的空間。一只床墊靠著牆壁躺在地板上，已經看不出曾有人在上頭睡過。牆上沒有半張海報，除了一張書桌和架在桌上的書架外，屋內看不到任何家具。看來屋主不僅在這張桌上唸書，也在它上頭吃飯吧。一眼就能看出住在這裡的是個除了回來睡覺以外幾乎沒待在屋內的年輕人。

「這是怎麼一回事？」

阿照在書桌上發現了一台戴爾的筆記型電腦。

「這是我為他在網拍上便宜標到的。紀一十分珍惜這台電腦，平常不管到哪裡都帶著它呢。若要出遠門，應該不會把它留在這裡才對呀！」

我仔細地檢視著屋內。小小的冰箱裡幾乎什麼都沒有，只有醬油和美乃滋等幾樣少得可憐的調味料。衛浴設備看來也有好一陣子沒人用過了。當然，也看不到一絲血跡或曾有人發生過打鬥的痕跡。我一掀開床墊，便聽到正在端詳著電腦的阿照大喊：

「阿誠先生，你看！」

汗水從額頭上流下的我轉頭看向螢幕。只見一個視窗在螢幕中央打開來，裡頭是不知用手機還是什麼拍下的低解析度影片。出現在視窗裡的並不是稍早在西口公園時看到的黝黑健康男孩，而是雙頰消瘦、面色如土的紀一。

「播吧！」

❽「淺沼」的羅馬拼音。

我一點頭，阿照便點選了播放的ICON。

畫面裡這面色如土的男人開始說話了。

「當你看到這段影片時，代表你已經找到這裡來了。不知道第一個看到的會是爸、媽，還是阿照、茂明？總之，你也發現我還沒回到這房間吧？想到接下來要發生在自己身上的事，我就怕得要死。不過，我還是得去。」

紀一看了看手腕上的迷彩G-Shock後繼續說：

「現在是五點，兩小時後一切就會結束了。我想我應該還回得來才是。爸、媽，謝謝你們把我養得這麼大。來到這裡以後，我唸書、打工都不是很順利。不僅廢寢忘食地工作讓我搞壞了身子，還聽說從我唸的這間專門學校畢業也找不到什麼工作。而且這裡的房租也已經有兩個月沒繳了。看來我在東京還真是水土不服呀。」

阿照一張臉簡直就要貼到筆記型電腦的螢幕上了。我絞盡腦汁思索讓紀一怕得要死的事到底是什麼。從畫面上這張臉的表情看來，他活像個即將被執刑的受刑人。紀一再度面帶惶恐地看了看手錶，接著試圖擠出一絲笑容，看來卻像是哭喪著臉。

「所以我決定賭這最後一把。反正我這麼一個窩囊廢，就算死了也沒什麼大不了。我匯過去的錢，就請你們用來供信也唸大學吧。信也這麼優秀，不像我這麼無能，一定能救全家脫離目前身陷的困境。

這世界以後只會變得愈來愈糟。信也，你要好好唸書，以後救我們全家脫離苦海。拜託你務必考上學費低廉的國立或公立大學。只要能助你達成這個目標，我什麼都願意做。以後的事就拜託你了。好，我要出門了。」

講到最後時，紀一渾身開始顫抖地哭了起來。只見他橫向走出了畫面，視窗中只剩下一面掛著白布的牆壁。我不由得回頭望向房內的壁面，好奇他戰慄不已的影子是不是還留在牆上。

影像過沒多久就結束了。這段詭異的影像直教人丈二金剛摸不著頭腦。一個小鬼的失蹤，換來了三百萬圓鉅款，而且還要求家人利用這筆錢資助比自己優秀的弟弟唸書。若這件事發生在中南美洲或中國內地，我或許還能理解，但卻是發生在即使不景氣、GDP還高居全球第二的日本。

阿照又把這檔案播放了一遍。我也死命緊盯著液晶螢幕上這段畫質粗糙的影片，試圖從中找出一絲線索。

那張面色如土的臉再度出現在螢幕上。真不敢相信這是不出一個月前，才發生在池袋的真人真事。

反覆觀看了紀一的影片三遍後，我們離開了他的公寓。阿照鎖上門後，便快步跑下了階梯。

「接下來該上哪裡？」

我在被太陽曬得發燙的馬路上端詳著紙條回道：

「專門學校和他打過工的地方。」

西池袋三丁目的便利商店、池袋二丁目的連鎖餐廳、東池袋三丁目的影像專門學校，從他的公寓徒步全都走得到。紀一在便利商店上的是高時薪的晚班，天快亮時則趕到連鎖餐廳打掃；而且一星期得上六天的課，還得交作業。這一年多來，他過的就是這種嚴苛的生活。

不出六分鐘，便走到了那家便利商店。我們邊倚在結帳櫃台喝起可樂，邊向店長打聽消息。

身穿橘色工作服，腰上繫著圍兜的店長年紀大概四十好幾了。傍晚前店裡生意尚算清淡，便騰出時間把紀一的情況告訴了我們，順便帶我們去看看店舖後方工作人員的置物櫃。

他表示紀一是個勤快認真、表裡如一的人。三星期前突然說要請長假，並逐日計酬地領走了該領的日薪，之後就沒再聽到他的任何消息。最近的打工仔若覺得難以適應，別說是一天，有的甚至幹了幾十分鐘就走人，但紀一卻連一天假都沒請地幹了一年多。他的置物櫃裡除了掛著一件送洗過後的橘色上衣，其他什麼都沒有。

接下來在連鎖餐廳探聽到的也是大同小異的答案。我們在客人寥寥無幾的餐台上吃著提前的晚餐時，被告知紀一原本在這裡從清晨四點起打掃一個半小時，同樣從來沒請過假，風評也是好得不得了。我邊擠碎蓋在漢堡肉上頭的半熟荷包蛋，邊向大學剛畢業的店長問道：

「淺沼是否曾提起要去幹什麼特別的工作？」

店長嫻熟地為我們在喝乾了的杯子裡斟上咖啡，並且回答道：

「好像沒有。他看來不像是那種喜歡放手一搏的人。」

我迅速地把盤子裡的食物一掃而空。阿照則不斷以叉子戳著飯菜，似乎沒什麼食慾。待店長暫時離開，去幫我們找和紀一值同一段班的同事的連絡電話時，我低聲告訴阿照：

「多少吃一點吧。還不知道你得在這裡待上幾天呢。不管你吃不吃，對紀一都不會有任何影響。而且菜都點了，還剩這麼多沒吃，對店長不會不好意思嗎？」

阿照這下才推開荷包蛋，開始斯文地啃起漢堡肉來，看起來活樣隻松鼠在吃飯。

與兩位態度溫和的連鎖商店店長碰過面後，手頭上拿到了幾個手機號碼。我們在走向西口公園的路上，打了第一通電話。

「喂……」

聽得出電話那頭的人還在睡夢中。我先說出便利商店店長的名字，以防他掛斷電話，並稍稍解釋了一下情況，這傢伙才終於清醒。有時候，憑嗓音就能聽出對方是否真的醒來了。

「三個禮拜前？這我倒想起來了。淺沼在離職前，曾興奮地告訴過我一件事。」

頓時感覺彷彿有上百隻蟲爬上了我的背脊，每當要掌握到什麼線索時，都會有這種感覺。我也沒催促對方，只是按捺著激烈的心跳靜候他說下去。

「他說自己看到了什麼很嚇人的影片。問他是怎麼個嚇人法，他又告訴我有些事最好永遠不要知道。只是他不斷形容那影片實在太震撼、太教人難以置信。記得那晚下著雨，當時的時間大概是凌晨三點多。」

「當時淺沼的精神狀況如何？」

「他看起來十分恐懼。聽他說了這些，連我心裡都覺得毛毛的。倒是，他最近還好吧？」

「不知道他這陣子人在哪裡，但應該還好吧。」

說完我就掛斷了電話。

專門學校的應接態度就比連鎖商店差得多了。即使走進學校的辦公室，他們還是不願提供任何資訊，彷彿學校並不屬於服務業，而該被人服務似的。執拗地詢問了二十分鐘後，唯一知道的只有紀一已經有三個禮拜沒來上課了。

接著我們又趕往教職員辦公室和他的講師碰面。這棟蓋在首都高池袋線高架橋旁的建築已經有二十幾年屋齡，走道和樓梯上都隨歲月布滿了永遠清不乾淨的汙垢。

面向堆滿錄影帶的辦公桌，紀一的講師說道：

「我們學校的學生在畢業前，就有三分之一會輟學。畢業後若不是靠關係，也很難馬上在電視台找到工作。不過，淺沼仔細研究了不少形形色色的電影和電視節目，是個十分認真的學生。」

一看到這講師的長相，我就沒抱太大的期待。已經六十好幾的他，大概是從哪家電視台退休後，到這裡謀求事業第二春的吧。看他腦袋上的頭髮燙得捲捲的，穿的還是牛仔背心和牛仔褲，全身上下都是三十年前的流行。阿照戰戰兢兢地問道：

「紀一在失蹤前，曾提到自己看到了什麼很恐怖的影片。請問老師知道他看到的是什麼嗎？」

他的語氣這下又謙恭了起來。只見這個講師表情詭異地笑著回道：

「恐怖的影片到處都有。」

真的是這樣嗎？這應該不是娛樂性的恐怖片，而是讓人看了嚇到精神幾乎失常的影片，這種片子應該不至於到處都有吧。

⚜

色彩豔麗的夏日夕陽照耀著首都高速公路上的天際。離開專門學校後，我向阿照說道：

「我差不多該回去顧店了，否則我老媽又要發火。人就明天再繼續找吧。我看你一大早就搭新幹線過來，到現在應該也累壞了。」

一路喀啦喀啦地拖著行李箱，走了好幾公里陌生的路，阿照這一天下來不被搞得筋疲力竭才怪。

「累是不會啦。不過，今天就到此為止。我也回紀一的公寓徹底找找，看能不能找出什麼線索好了。再說，那台電腦裡頭有些什麼，也都還沒檢查過呢。」

我也回了句好讓他放心的話：

「如果找到了什麼，記得隨時和我連絡。」

傍晚五點多，我們在擠滿上班族的人行道上交換了手機號碼。這種日子總是讓我們的記憶在不知不覺間被填滿。或許我們的人生，不過是套比電腦稍微複雜一點的檔案儲存系統罷了。每次儲存一個剛認識的人，就有一筆古老的記憶得被刪除。紀一在池袋街頭留下的足跡，也是不出三個禮拜就被刪除得一乾二淨。

夏日的夕陽有著一股教人感傷的魔力。不知道我哪天要是突然失蹤三個禮拜，這裡的小鬼們是否還會記得我？

當晚我在快十二點時打烊後，旋即上二樓洗了個澡。正當我準備聽聽剛買的ＣＤ輕鬆一下時，手機又響了起來，一股不祥的預感頓時湧現心頭。我已經累到懶得再出門了。

「阿誠先生，我找到了！」

只聽到阿照那微弱得聽不清楚的嗓音說道。我也沒從地鋪上起身，滿心不悅地回道：

「找到什麼啦！」

「我想我可能找到了把紀一嚇壞的影片。」

只穿著Ｔ恤和短褲的我從地鋪上跳了起來。

「你確定？」

「嗯。看了這個，我自己也不寒而慄起來，嚇死人了。這下真不知道該怎麼辦才好，今晚我不敢獨自在這兒過夜啦。」

我伸手抓起扔在榻榻米上的牛仔褲，朝電話另一頭回道：

「也讓我瞧瞧吧。我馬上趕過去！」

我在深夜的池袋走了十五分鐘。當晚是個夏日的晴朗夜晚，白晝間的熱氣已被晚風吹拂殆盡，感覺上十分適合出門約會，或是來場毫無目的地的散步。西口站前的人潮一如白晝，但一走進西池袋的住宅區，路上就看不到半個行人了。

阿照就坐在公寓外的階梯上，一看到我洗完澡後還沒吹乾的頭髮便說道：

「抱歉，原本想明天再打給你。」

「進去吧。」

我們惦起穿著球鞋的腳尖，走上了和白天一樣黏答答的階梯。還沒打開二〇二號室的門鎖，阿照便膽怯地說道：

「真不想再踏進這扇房門。」

真是的，難道貞子躲在門後頭不成？池袋根本沒有這種擁有超能力的變性人唄（是變性人沒錯吧）。一走進玄關，就看到慘白的日光燈關也沒關，照耀著這個缺乏家具的白色房間。我早他一步走進了屋內。

那台筆記型電腦就攤在書桌上，只見宛如深海水母般的光束在開啟螢幕保護程式的螢幕上蠕動著。阿照也沒坐下便開始移動起滑鼠，啟動了ＤＶＤ播放程式。

「我剛才已經看得夠多了。阿誠先生，請坐吧。」

我一坐上書桌前的塑膠布旋轉椅，灰色的螢幕上就出現一扇生鏽的鐵門。這就是讓我後來連做夢都會夢到的藍鬍子城堡的第一扇門。

一台緩緩迴轉的攝影機拍下了整個空間的模樣。出現在畫面裡的是個寬敞的圓形房間，直徑約有十幾公尺，中央有個不知是壓克力還是玻璃做成的巨大圓筒筆直地延伸到天花板，直徑約有兩公尺。圓筒裡沒半個人影，但從地板與天花板射出一道道刺眼的聚光燈看來，這裡應該是座舞台。

圍繞著這圓筒狀空間的是一大片低一階的地板，上頭擺放著一組組圓桌和椅子。沿著牆壁還排有一張張以隔板隔開的長椅。整個室內空間都刻意營造出一種生鏽的鋼鐵質感。

觀眾大概坐滿一半，圓桌上全都擺放著酒杯，以及不知從哪個餐廳送來的拼盤。

詭異的是不分男女，這圓形房間裡的觀眾全都戴著黑色膠框的墨鏡。看來應該是進入這個劇場時發的吧。阿照打著哆嗦地說道：

「要開始了。」

我緊抿著下唇凝視著液晶螢幕。這時鐵鏽滿布的門打了開來，一個半裸的男人從門後沿著觀眾席間的通道走向舞台。他剃了一個大光頭，耳朵、眉毛和鼻子上都戴著銀色的環，下半身則穿著一件黑色的橡膠短褲。他的後頭跟著一對男女，兩人手捧包著黑布的行頭，身穿品味粗俗不堪的黑色皮背心與皮褲。

他們三人一走進透明圓筒，聚光燈便悉數亮起，好讓戴著墨鏡的觀眾也能看得一清二楚。光頭的腦袋上開始冒出一粒粒汗珠。只見他跪下身子，唐突地吐出了舌頭。一起登台的女人拿出一把比手掌還大的鉗子，一把夾住了他的舌根。男人則用手術剪刀縱向剪開了他的舌尖，濃稠的血呈一直線滴到了地板上。男人又在左右各剪了一刀。這個大光頭的舌尖頓時被剪成了四片，形狀活像八角金盤❾的葉子。

身穿黑皮背心的男人本行可能是醫生。他一放下剪刀，便迅速地以針線縫合起光頭男人的舌頭。只見他以嫻熟的動作，俐落地縫合了每一道傷口。在這段時間裡，大光頭的腦門不斷淌著汗水，同時卻一臉恍惚地闔著雙眼。看來他在上台前已經被麻醉過。最後，大光頭吐著傷口周圍縫著黑線的分叉舌頭繞場一周，看來是想讓觀眾看得更清楚；這就是這傢伙迫不及待想向人炫耀的新裝飾吧。唾液與血液混合的黏稠液體，一絲絲從舌尖垂向地板。

待一切結束後，他們三人在圓筒裡向觀眾鞠了個躬，接著便沿通道離開了現場。教人心頭發麻的第一幕自殘秀就此結束。

---

❾又名「手樹」的觀葉植物。

「裡頭全都是這種東西嗎？」

我得費好大的勁才能回頭看向阿照。雖然這影片既噁心又駭人，卻讓人難以移開雙眼。看來人類的血液裡，果真蘊藏著凝聚觀者注意力的警報。阿照已經看得臉色鐵青了。

「剛才我已經吐過一次了，現在看了還是覺得噁心。咱們可以快轉嗎？」

我一點頭，阿照便點選了兩倍速快轉的選項。頓時觀眾的喧囂和舞台上的呻吟都消失了。雖然以倍速快轉，還是可以看出接下來的表演一場比一場殘酷。這些節目的安排和職業摔角一樣，藉由漸趨激烈的節奏炒熱氣氛，最後才輪到壓軸好戲登場。

第二段的主角是個紮著馬尾的長髮胖子，由另外兩個男人合力將一根金屬棒左右戳過他的背部（位置大約是肩胛骨上方）。原來在人的背後戳入一根棒子需要如此大費周章。最後穿過胖子背部的金屬棒兩端被掛上一串吊在天花板上的鐵鍊，將他整個人給吊了起來。只見他背部的皮膚被拉長得宛如蝙蝠的翅膀。

「真是詭異呀！」

我壓抑著隨時要嘔吐的情緒說道。這時只感覺喉嚨渴得要死，連嗓音都變沙啞了。阿照問道：

「可以用三倍速快轉嗎？接下來就是最後的壓軸戲了。」

我朝阿照點了個頭。接下來畫面就變得宛如停格的黏土動畫，影片裡的人物個個都笨拙地四處亂跳。原來速度愈快，看起來也就愈沒有壓力。這次的主角是個只穿著一件內褲的女人，全身塗成白色，身體四處還畫著灰色的虛線，看來活像肉鋪海報上標示出肩肉、牛柳等牛肉各部位名稱的插畫。這女人的身材介於豐滿與肥胖之間，以不帶一絲意志的眼神望向觀眾席。

通道上立起一面像每集《東京友好樂園》❿最後一個單元出現的圓形標的，從中心點往外劃分成好幾個區塊。攝影機迅速地拍下了每一區塊裡的文字：耳、鼻、右手、左手、右臂肘、左臂肘、右腕、左腕，最大的一塊（約占整個三百六十度裡的一百二十度左右）裡頭寫的則是乳房。

女人手裡握著一只連接著標的的開關。全身塗成白色的她一按下食指，標的周圍的LED燈泡便繞著圓周輪流亮了起來。女人再度按下了開關，燈泡的迴轉就開始放慢。最後緩緩停了下來。乳房。

平常我對這個字眼頗具好感，但這下就完全不同了。已經不敢正視畫面的我向阿照問道：

「這個播放程式能做三倍速以上的快轉嗎？」

只見面色依舊鐵青的阿照哭喪著臉搖了搖頭。

我實在看不下去了。只能別過臉，偶爾以餘光偷瞄一下螢幕上飛快進行的乳房切除表演。女人在一張下頭裝有推車的桌上躺了下來，被人沿著畫在乳房根部的虛線貼上了止血帶。除了普通尺寸的小型鋸外，這場表演還用到了一把大小如水果刀的大型鋸；小的用來割皮膚，大的則用來割肉。切除手術轉眼間便宣告結束，只見兩只失去張力的乳房宛如融化的冰淇淋般被放在一只金屬盤上，朝滿座的觀眾席展

❿東京フレンドパーク（Tokyo Friend Park）：是一齣自一九九四年起於TBS電視台開播的老牌綜藝節目，以邀請來賓挑戰各類遊戲的方式進行，該節目組於二〇一一年正式解散。

示。載著那女人的桌子則以輸送帶般的速度沿通道被推了出去。

這場壓軸戲獲得的掌聲在一陣沉默後方才響起。但怎麼看觀眾們鼓掌的對象都不是那個女人，而是那對留在現場的乳房。

最後，畫面轉為黑色，幾個英文字的白色LOGO在黑底浮現。

F & B No.5

我關上了DVD播放程式。這下原本一直沒注意到的光碟機噪音才靜了下來，紀一的公寓在轉瞬間恢復了原有的寧靜。完全不想討論影片內容的我向阿照問道：

「你是在哪裡找到這個的？」

「這張書桌的最下層抽屜裡。就混在我替他燒錄的DVD-R裡頭。」

我從光碟機裡退出了這張黑色光碟。只見書寫面上頭以白色印著同樣的LOGO，並以白色奇異筆寫著10063。這算得上是件熱呼呼的手工製品吧，而且上頭的字還寫得很拙劣。

「請問，在東京到處都買得到這種影片嗎？」

平常我可能會回答在學校旁邊的書店都買得到，但當晚我完全沒心情開這種玩笑。

「我自己也是第一次看到。想必是哪個地下組織在自己的會員內祕密流通的吧。如果那數字沒說謊，這片DVD就是第五集的第六十三張拷貝。看這內容這麼駭人，想必哪片DVD被哪個客人買走，他們應該都有詳細記錄才對。」
阿照惶恐不已地問道：
「這下我們也看過了，那些傢伙會不會找上門來呀？阿誠先生，今晚咱們該怎麼辦才好？」
我看了看戴在左手的G-Shock。新型的G-Shock能儲存太陽能，不僅不需要換電池，每天早上還能以電波對時做自動調整，因此在時間上是準確無比。真搞不懂只要一萬圓就能買到這種好東西，大家為什麼還想花三十倍的錢買瑞士的機械式手錶。現在時間是兩點十五分。我說道：
「先去睡吧。不睡一下明天哪有力氣出門。」
明天早上我也得在六點起床，上市場去採購。回家後也只能再睡三個半小時。但能睡一下總比完全不睡好，至少讓我這二分之一倍速的腦袋也能運轉得順利一點。
不過這也有個前提，那就是我的神經大條到看了這種影片還能睡得安穩。當晚，我果然做了一個自己成了那圓形劇場主角的夢。
也不知道為什麼，在失眠的夜晚做的夢總是會成真。

我在中午前從市場回到家裡，打開了水果行的門。那場惡夢讓我睡得很少，整個人昏昏沉沉的。但為了在人行道上等著我的阿照，我還是得迅速地把商品排好。真懊惱我這工作怎麼老是把我搞得日夜顛倒。平常我對麻煩是十分歡迎，但看過那種影片後可就另當別論了。說老實話，這次的案子還真教人心情沉重。雖然沒敢告訴阿照，但已經失蹤了三個禮拜的紀一至今仍行蹤不明，著實讓我擔心不已。

這天和昨天一樣是盛夏天氣，但我為阿照切好的冰西瓜他一口也沒吃，只是面色蒼白地蹲坐在地上。想必他昨晚一定整夜沒闔眼吧。

「好了，走吧。」

一臉窩囊的阿照只啃了一口西瓜那紅色三角形的尾端。

「甜是很甜，但我實在吃不下。」

我接下阿照遞過來的西瓜，三口就吃個精光，接著把皮扔進了垃圾桶裡。工作、流汗、吃飯。要想對抗那不健康的影片，健康一定是最好的武器。在這種地方討生活，註定會遭遇到形形色色的敵人，但最大的敵人，其實是自己那極容易朝黑暗、邪惡傾倒的心靈。

即使是裝開朗也好，不管走到哪兒都應該時時挺起胸膛，如此自然能得到幸運之神的眷顧。我邁步朝西口公園走去，阿照也捲著尾巴跟了上來。睡眠不足的雙眼果真不敵盛夏的陽光，只覺得西口的高樓群彷彿全在我眼前不斷旋轉。

在櫸樹下的長椅上坐下來後，我掏出了我的壓軸武器——一支新型手機。善用遍布這一帶的人脈網路，就是我的拿手絕活。雖然我的CPU速度並沒快到哪裡去，但接觸到尚不為人知的消息的頻率，可要比警察或媒體高那麼一點。我首先選擇了G少年的國王——穩穩地統治著池袋大小幫派的崇仔。一等到有人接起電話，我便說道：

「不必再傳話了，快把電話轉給崇仔。」

接著便聽到國王愉悅的嗓音。

「是我。阿誠，看來你又被逼得走投無路了？」

除了崇仔之外，池袋沒一個小鬼比我更敏感。我們照例以玩笑開場。

「崇仔，你對SM有沒有興趣？」

先是一陣嗤鼻笑聲，接著才聽到他回答。

「沒興趣。不過我倒知道你是個M⓫。這次又找上什麼麻煩了？」

我向他解釋了紀一的失蹤和自殘表演DVD的事。聽到一個專門學校學生失蹤時，國王的反應很平靜；聽到DVD內容時，他的反應更是冷若冰霜。但這個性乖僻的國王對一件事反應愈冷淡，其實代表他愈感興趣。最後他語帶調侃地說道：

「把人舌尖剪成幸運草、變成鯉魚旗，還把乳房割下來當藝術品？品味還真嚇人吶！」

我可沒空理會崇仔這個玩笑。

「聽過F&B這個名字嗎？」

「沒聽過。」

我一脫口說出這個名字，阿照就在大白天的公園長椅上打起了寒顫。一陣乾燥的熱風沿地上的石磚

⓫ Masochism，被虐狂。

吹來，看來今年夏天的淫度實在低得驚人。

「那麼，G少年的成員裡有沒有狂熱的SM迷？」

崇仔笑著回道：

「雖然我們的組織很健康，但裡頭或許真有這種傢伙也說不定。好吧，我就幫你查查。倒是，你提到的那個小鬼已經失蹤三個禮拜了。既沒回公寓，身上又沒錢，這段日子他到底是怎麼過活的？」

我轉頭望向阿照。他的表情與其說是個窩囊廢，這下還比較像個膽小鬼。我只得向崇仔坦承不知道。

「明天再打電話給我吧。」

說完他旋即掛斷了電話，完全沒違反這國王通話的慣例。我馬上又選了另外一個號碼。接下來這傢伙可說是池袋地下世界的王子。他就是關東贊和會羽澤組系冰高組的代理會長、目前紅透半邊天的猴子。他一接起電話我就問道：

「喂，猴子，記得你是個M沒錯吧？」

「想被我活埋嗎，阿誠！？幹嘛突然問這種事？」

看來和國王講過電話後，一時間已經習慣了這種省去一切開場白的對話方式。不過我這一刻其實只是想起這傢伙之前還是個菜鳥時，成天被組長那嬌生慣養的女兒耍得團團轉的糗樣罷了。

「你們組織裡有沒有狂熱的SM迷？」

猴子使勁嘆了一口氣後回答：

「有啊。阿誠，池袋到底是怎麼啦？最近才來跟我的新人，就是個愛SM成癡的狂熱分子；而昨天冰高老大召開的本部會議，討論的主題竟然也是SM俱樂部。現在就連你都在大白天打來問我是不是

M。難道這地方已經不知道什麼叫廉恥了嗎？」

這番話出自猴子嘴裡，聽來簡直像詞藻優美的古典日語，讓人覺得他活像名和死去的公主大談柏拉圖式戀愛的小卒。雖然我是說不出口，但這傢伙可是有說這種話的本錢。我對他說道：

「能不能馬上帶這個SM迷來見我？有個東西想讓他瞧瞧。」

「如果是什麼無聊的SM影片，我可會發火喲！」

或許那張黑色光碟裡的內容，在他們的世界裡是司空見慣吧。

「是一片帶詛咒的DVD啦。要是在一星期內沒讓別人看到，我的鼻子可就要被割掉了！」

「狗屁！」

朋友都沒幾個了，為什麼掛電話時不能和氣一點？看來黑道的中階主管或許真的不好當呢。

❦

二十分鐘後，我們便在東京藝術劇場一樓的露天咖啡廳碰頭。我帶著阿照，猴子身邊則帶著一個從沒見過的小鬼。阿照一看到這傢伙，就被嚇得頭都不敢抬起來。

這傢伙名叫銀治，下半身穿著一件嶄新的黑牛仔褲和打滿刺釘的長筒靴，上半身則套著一件白得刺眼的背心。背心下的皮膚彷彿罩著一件深藍色的長袖T恤似的，密密麻麻地布滿了紋身。骷髏、死神、鐮刀大斧頭、鐵鍊，以及隨風飄揚的黑色三角旗。蟑螂貼在睜開眼睛的屍體上啜飲著屍水，小鬼們拿被砍下來的頭顱踢足球，紋在他身上的是一幅精彩的西洋地獄圖。不只如此，他一張臉上還掛滿了數不清的銀環。我開口說道：

「你也坐下來吧。」

銀治立正不動地回道：

「謝謝，但我站著就行了。」

猴子低聲吼道：

「你嗓門也太大了。快給我坐下！」

銀治便在一張Eames[12]風格的椅子上坐了下來，但背脊依舊挺得筆直。我端詳起他的肩膀，上頭紋的是一群小豬爭食死掉母豬的內臟。

「猴子告訴我你對ＳＭ業界很熟悉。今天有個東西想讓你瞧瞧，看完後再問你一些問題。」

我點了個頭，阿照便將筆記型電腦的螢幕轉向猴子與銀治，以兩倍速開始播放起那片ＤＶＤ。

我們偶爾跳過某些場面，花了二十分鐘看完整片ＤＶＤ。不愧是見過大風大浪的人物，猴子的表情從頭到尾都是冷若冰霜。即使心裡感覺多噁心、多恐怖，他的臉上始終一片冷淡。至於銀治，只見他那光頭下的額頭冒出點點汗珠，紋身之間的肌膚也泛得通紅，一眼就能看出他有多興奮。看來這傢伙頭腦還真簡單。待阿照一關掉ＤＶＤ播放程式，他就說道：

「真希望能好好看個仔細呀。早知道就拜託你們別快轉了。」

原來這種病人是遠在天邊，近在眼前。我們整桌就只有銀治一個人興奮不已。
「阿誠先生，這片DVD我也有呢。難怪從以前就覺得我和阿誠先生可能很聊得來。」
銀治一臉笑嘻嘻地朝我探出了身子。這時猴子怒斥道：
「混帳！你只要乖乖回答問題就好！」
銀治連忙把兩手放回膝蓋上，再度挺直了背脊乖乖就坐。我問道：
「這種DVD要上哪兒才買得到？」
「一家叫做Flesh & Blood（肉體與血液）的SM俱樂部。可以直接上那兒買，也可以上網訂購。這張第五集是上個月推出的新作品。」
一聽到這家俱樂部的名字，猴子馬上轉頭望向銀治，似乎在回想些什麼。
「老大在上次的本部會議裡也曾提起過這家俱樂部，對吧？你這傢伙，為什麼沒向我報告你常上那鬼地方？」
銀治趕緊從椅子上跳了起來，低頭致歉道：
「老大，對不起！我以為這算是個人隱私。」
猴子聽了一臉光火。這下就連我也想教訓教訓這小子了。
「在道上混哪還有什麼個人隱私？快給我坐下好好報告這家俱樂部的情況！」
銀治挺直背脊、兩手交錯地開始報告了起來。他的右上臂紋著一個手持大鐮刀的死神，左上臂則紋

---

⑫Charles Eames：美國家具設計師，以簡單優美的造型與結構著稱。

著一個手握三叉戟的幽靈騎士。雖然是名年輕的黑道實習生，看起來卻比較像龐克樂團的貝斯手。

看來不只是池袋街頭，就連猴子身處的世界也起了變化。

原來這家名叫肉體與血液的ＳＭ俱樂部在去年底於西池袋開始營業，前身似乎是哪家證券公司因不景氣而出讓的員工專屬會員制俱樂部。這家俱樂部的老闆專以低價收購泡沫經濟時期的豪華設施，徹底整修後重新開張。銀治似乎真以為我倆是同好，在席上對我頻頻示好。

「請問阿誠先生知道東京ＳＭ俱樂部的三大聖地是哪裡嗎？」

我以餘光瞄了猴子一眼回道：

「六本木、五反田、池袋。」

只見猴子微微搖了搖頭，大概在納悶我從沒光顧過ＳＭ俱樂部，怎會連這種事也知道。銀治高興地點頭說道：

「Ｆ＆Ｂ開張時可說是大張旗鼓，以豪華設備與激烈至極的表演成為業界新寵，目前已經成了池袋首屈一指的俱樂部了。ＳＭ業界和其他行業不同，肯努力經營的店家絕對能吸引到好顧客，可說是個十分公平的行業。剛才那張第五集，我自己也買了。」

猴子問道：

「這種東西一張要多少錢？」

銀治低下頭去回答：

「六萬五千圓。不過我都是和其他同好湊錢，看到內容精彩後才買的啦！」

「笨蛋！」

銀治求助似的抬起雙眼望向我。雖然想叫他別看我，但我還需要從這傢伙身上套出一些情報。我朝這彷彿穿著一件紋身緊身衣的傢伙說道：

「那影片到底是什麼？」

「阿誠先生應該也看得出來吧，那是專業的表演呀。據說影片裡那女人有性別認同障礙，在舞台上表演乳房切除手術，為她賺進了好幾百萬圓的酬勞，而她將利用這筆收入做變性手術。所以這是一場演員和觀眾皆大歡喜的專業表演，算不上是犯罪。」

真的是這樣嗎？原來狂熱分子的地下世界竟是如此深奧，或許這種事在池袋某些特定場所是司空見慣吧。但還真擔心哪天在這一帶挖柏油路，搞不好會挖出一堆內臟什麼的。我對猴子說道：

「冰高老大在會議上為什麼會提到那家ＳＭ俱樂部？難道他們背後真有黑道撐腰？」

猴子面帶不悅地回答：

「沒錯。他們的後台是某個北關東的龐大組織。這些傢伙試圖藉這家俱樂部進軍池袋的特種行業市場。畢竟風化場所的相關行業實在有太多賺頭了。」

這道理我比誰都清楚。猴子上頭這位組長老大是個冰雪聰明的人物，想必也在打這一類的主意。我試著向猴子多套出點消息：

「你們老大又怎麼說？」

猴子面有愧色地望向銀治回道：

「他說時下因為不景氣，薪水無法提升，裁員又讓還在上班的人愈來愈忙，同時職缺也將愈來愈少。上班族的壓力今後將與日俱增。因此，預料今後變態產業將有飛躍性的成長。」

猴子仰望著頭上有十五公尺高的天花板。只見幾隻鴿子正在斜斜的玻璃屋頂上休憩。

「阿誠呀，我會不會也入錯行了？上頭之所以派這傢伙來跟我，理由是我手下至少也該有個真正了解這些變態的傢伙。真不知道我們組織以後會變成什麼模樣呀！」

又是搶攻新興市場的戰爭。這下覺得我只需要每年夏天賣賣西瓜就能度日，也算是幸運了。看來真該向猴子奉送一根香蕉聊表同情。

「那家俱樂部的老闆是個什麼樣的傢伙？」

銀治興高采烈地回道：

「他叫春木顯治，留著一頭指揮家髮型，是個如假包換的ＳＭ迷。這種店家很多純粹只為了牟利，但他可是玩真的。」

說完銀治又朝低著頭、不敢動彈的阿照問道：

「這台電腦可以連線嗎？」

阿照依舊不敢抬頭，從登山包裡取出了PHS和網路卡。他將網路卡插進電腦裡，連線後把螢幕推向銀治。銀治乖乖地向他道了謝：

「謝謝。」

這傢伙隨即打開搜尋引擎，打上了F&B與SM幾個字。轉眼間便找出了近三百個網頁。我和猴子驚訝得面面相覷，原來這家俱樂部在SM業界已經這麼有名了。銀治熟練地點選了第一個網頁。液晶螢幕霎時變得一片漆黑，中央出現一行告知網頁位址遷移的小小紅字。但銀治一將螢幕調暗，原本一片漆黑的畫面一角就冒出了一扇灰色的門。

「這就是F&B地下網站的入口。」

他點選進入另外一個頁面，只見畫面漸漸為一片溼淋淋的紅色所覆蓋。俱樂部的LOGO與所有文字全轉成了黑色，看得我眼睛都酸了。但狂熱的SM迷大概不會計較這麼多吧。只聽到銀治高聲喊道：

「你看！第六集明天就要上市了。」

我也仔細朝螢幕上端詳了起來。上頭寫著新作的片名是《切斷！切斷！切斷！》，一看就猜得出裡頭是什麼樣的內容。我已經看得夠煩了，銀治卻仍然一臉振奮地繼續說道：

「第七集也已經開拍了。阿誠先生，你看！」

我和猴子一起讀起了螢幕上的告示。

「徵模特兒！酬勞超高（可能有一百萬圓以上）！年齡、性別不拘！」

我和猴子默默對望了一眼。隔壁桌坐著兩個帶著小孩的媽媽，邊吃著冰淇淋邊討論幼稚園的慈善義賣。真不知道這個世界從什麼時候開始追求起這種麻煩、複雜、殘酷的樂趣。

闔上筆記型電腦後，猴子問道：

「阿誠，你有什麼打算？」

我哪有什麼點子。只得轉頭望向近一個小時都沒抬起過腦袋的阿照。

「找紀一的同時，也好好查一查這家俱樂部吧？」

猴子以下顎指了指銀治說道：

「這傢伙就隨你差遣吧。把他送去拍那ＤＶＤ也無所謂。我會向冰高老大報告的。銀治，聽到了沒有？這是你第一次的表現機會，給我好好幹！」

這時桌腳突然響起了電話聲。並不是帶旋律的手機鈴聲，而是以電子混音重現的傳統電話鈴聲。阿照從登山包裡掏出了手機。

「喂。」

這下阿照首度正眼看向我和猴子，只見他整個臉色都變了。我問道：

「是紀一嗎？」

阿照死命點了好幾次頭。我便把耳朵湊向他的手機。雖然有點沙啞，但還是能清楚聽出是個男人的嗓音。

「好久不見啦。我正依序打電話給大家道別，你是最後一個。還好嗎？」

雖然他的語調聽起來像是喝醉了，但口氣卻是異常開朗。我馬上驚覺情況不對。這種毫無理由的開朗，其實和那網頁的黑暗一樣極端，同樣缺乏介於兩種情緒之間的正常灰階。

我掏出原子筆，在咖啡廳的紙巾上寫道：

盡量拖延時間，問出他人在哪裡。

阿照點點頭，我便再度湊向他，豎起耳朵傾聽紀一臨終前的訣別。

❦

那喝醉般的嗓音繼續說道：

「我媽說你上東京來找我了。只是很抱歉，我沒辦法和你碰面。看來我完全無法適應東京這個地方。雖然努力試過，最後還是得認輸了。」

阿照哽咽地要求道：

「無論如何還是見個面吧。你人在哪裡？」

但紀一已經完全躲進自己的世界裡了。

「噢，我也不知道。只知道這裡有條河。記得你曾說過，這世上有些人即使再拚命、再努力，到頭來也還是窩囊廢。我原本以為那絕對不會是我，但最後證明了自己也是個窩囊廢。我已經認啦。即使再活個五十年，我也不可能走運的。」

換成是我，可能會大喊沒這種事，但阿照的反應可不是這樣。

「我能理解。我自己也完全沒自信呀，每天都過得很痛苦。昨天晚上，我看了那張黑色光碟，在廁所裡吐了好幾次呢。」

紀一試圖掩飾羞愧地高聲笑了起來。這是我這輩子所聽過最空虛、最絕望的笑聲。

「這麼說來，你應該已經知道我是怎麼賺到那筆錢的吧？那筆錢就是我這個窩囊廢所送出的最後禮物。反正我這副身體也不過是件垃圾嘛。最後，祝你們大家幸福。也希望你們把我給忘了。」

阿照怯聲問道：

「紀一要死了嗎？」

只聽到他以萬里晴空般的開朗語調回答：

「對，我要死了。而且非死不可！」

你們腦袋是不是有問題呀！我幾乎要朝他倆大喊。阿照淚眼婆娑地望著我朝電話另一頭說：

「好吧，但你死了，我也得帶束花去憑弔呀。所以至少告訴我你在哪裡吧。你現在看得到什麼？」

紀一以唱著歌般的語調回答：

「潺潺不絕的河、吵得要死的首都高速道路、玻璃屋頂的水上巴士、一團不知是金色的雲朵還是大便的東西、咕咕叫的鴿子。好了，再見啦！」

他人在淺草。我也曾上那兒賞過花，看過煙火。我連忙收起桌上的電腦，夾向腋下並站了起來。

「猴子，帳單就拜託你了。銀治，我會再和你連絡。」

阿照仍試圖打回給紀一。

「紀一把手機關掉了！」

兩手仍然緊握著手機的阿照哭喊道。

「要哭等上了計程車再哭！快走！」

接著我們便以高於光速兩倍的速度跑向藝術劇場後頭的劇場大道。

❦

在這片不景氣中要叫計程車，隨時都叫得到。從池袋到淺草，即使路上再空，也得花上二十分鐘。加上那天的路和平常一樣塞，足足耗掉了我們二十五分鐘以上。碰到這種情況，人在後座哪可能坐得安穩。雖然阿照只是虛脫地望向窗外，但我的心卻跳得比什麼都快。這要比真的跑起來還要累人。

我在計程車上利用手機上網搜尋，找出了藏前的地圖。若紀一看得到對岸Asahi大樓上的金色大便，代表他人在隅田川靠台東區的河畔，而且應該是在隅田公園裡。我向司機說道：

「載我們到吾妻橋的橋頭。」

接下來就只能祈禱我們能在紀一的心跳停止前找到他了。可是紋在銀治右腕上的死神卻不斷浮現在我的腦海裡。

❦

在橋頭下車後，我們火速跑下堤防上的階梯。隅田公園占地遼闊，從這頭到河岸約有一公里遠。裡頭有兩座棒球場、一條田徑賽跑道，就連健身中心都有。我們一鼓作氣跑向距離水面最近的步道。寬廣的步道右側是一片鋪著比天空還藍的藍色尼龍布、排列整齊劃一的遊民住宅，感覺上還頗為整潔，看起來甚至有幾分像南洋海灘的時髦別墅。我抬頭仰望對岸的高層大樓群。設置在黑曜石聖火台上的金色火焰就是Asahi的啤酒屋。在隅田川沿岸的步道上狂奔的我和阿照都不斷大喊：

「紀一！紀一！」

原本在睡午覺的遊民這下全給吵醒，個個一臉好奇地望著我們。這還是我這輩子第一次邊喊別人的名字邊跑。但聽到稍早那段對話後，這下也顧不得丟不丟臉了。

阿照比我早一步聽到遠方傳來的警笛聲。聽得出這聲音愈來愈近了。

「你看！」

只見一群人聚集在兩百公尺外的上游。裡頭有遊民，也有身穿棒球衣的人，全都圍著地上一個東西湊在一塊兒。一股不祥的預感霎時在我心頭湧現。我們加快腳步，和從堤防上抬擔架下來的急救人員幾乎同時到達了人群聚集處。跑得比較慢的阿照則是晚了步一擠進圍觀的人群。

「紀一，你怎麼了！」

我喊著這個初次見面的小鬼的名字。只見一個身穿睡衣的男子躺在溼透的柏油路上。他的臉色發青，胸脯完全沒有起伏。一條繞過脖子的布巾吊著裹在繃帶裡的左手手腕，手腕上頭卻少了手掌。這時黑色光碟新作的片名再度在我腦海裡浮現。

《切斷！切斷！切斷！》

一片茫然的我在開始做起人工呼吸與心臟按摩的急救人員身旁一屁股坐了下來。阿照則混在人群中朝這頭觀望。我朝他大喊：

「過來呀！你不也認識這傢伙？他是你朋友呀！」

只見阿照直哭著搖頭，並一步一步往後退。撞倒一個站在他後頭的遊民後，便飛也似的朝上游的方向狂奔而去。正當我準備追上去時，急救人員向我問道：

「你認識這個人嗎？」

認識，不過先失陪一下，說完我便朝阿照追了上去。

我看到他倚在五十公尺前的扶手上啜泣。追上他後，我輕輕把手放上了他的肩膀，只見他兩手掩面地說道：

「不是我的錯。不是我的錯。」

「沒有人說是你的錯呀。可是你怎麼能棄紀一於不顧呢？」

阿照抬起不住啜泣的臉瞪著我回道：

「他已經死了。人都死了，我還能做什麼？我可不想被扯進去。」

他的臉色發青，雙唇顫抖地繼續說道：

「你看到他的左手了嗎？他就是看了那受詛咒的ＤＶＤ才會遭到這種下場的。我們遲早也會遭殃，還是趕快逃吧，阿誠先生。」

看來阿照是想起了這多年摯友的左手掌。我朝扶手外探出頭，吐出一大口黏黏的唾液後靜靜地向他說道：

「難道你希望看到他被當具無名屍處理嗎？你可是受他父母之託上這兒來找他的呀。喂，DOWN-LOSER，在你夾著尾巴逃走前，有件事總該做吧？」

霎時阿照的情緒似乎崩潰了。

「在東京過這種好日子的你哪會懂什麼？我們班上的同學全都找不到工作，連打工的機會都沒有，個個都被迫窩在家裡當起家裡蹲。我們高中鬧自殺的，紀一也不是第一個。別再煩我了。也別再命令我做什麼。反正做什麼都沒用。紀一說的沒錯，即使再多活個五十年，我們依然是窩囊廢，一輩子都別想走運。」

我望著在都市中流動的鉛色河面，與蔚藍中蘊藏著灰暗的夏日天際。只因為我生在這裡，就能斷定我不能理解他們的想法？雖然紀一那番話也不是沒道理，但我也感覺不到自己的人生遲早要走什麼大運呀。我不過是在滿街垃圾中活到了今天，後半輩子想必也還是這副模樣。我想自己的口氣裡應該沒有一絲憤怒或苛責才對，畢竟我又不是什麼偉人，哪有資格用這種口氣說話。

「我也和你一起看過那張黑色光碟呀。和你們鄉下一樣，住在我們這裡的傢伙也多半是人渣呀。和坐擁鉅額資產、開著豪華汽車、負責設計超高層大樓，甚至擘畫日本未來的傢伙比起來，我不也和你一樣是個窩囊廢？不過，阿照，你還不夠格當個真正的窩囊廢呢。」

兩眼哭得通紅的阿照一臉訝異地抬頭望向我。我向他說道：

「你想回山形老家挖個洞躲起來，我是完全管不著。但這種事等你成了一個真正的窩囊廢再做也不遲！你這輩子從沒靠自己的力量爭取過任何事吧？從來沒爭過輸贏，從未論及勝敗，又哪能斷定自己就是個窩囊廢呢？和我一起賭一把！贏了，你就不再是個老是失敗的窩囊廢；輸了，你就升格成一個如假包換的窩囊廢。來吧，反正你原本就一無所有，就算輸了也不必賠上什麼。」

這時他那對停止哭泣的雙眼深處，似乎燃起了一股小小的火焰。他放開扶手，朝我緩緩走了過來。他的雙肩開始顫抖，但卻是充滿鬥志的顫抖。只要看到有人靠自己的力量站起來，不論何時都會讓人感到鬥志昂揚。只見阿照一臉憤怒地說道：

「好吧。即使註定要輸，也要輸得漂亮！」

我摟著他瘦弱的肩膀走回圍觀的人群。此時背後傳來微弱的流水聲。這是來到這河濱公園後，我首度聽到的河水喘息。

我們搭計程車追上了救護車，來到位於淺草寺五重塔後方的淺草寺醫院急診室。阿照在車上打電話回山形向紀一的父母報告情況，拜託他們馬上趕到東京來。雖然沒講幾句話，但每句話都那麼難說出口，就連坐在一旁的我聽了也一陣心酸。

在醫院裡急救了四十分鐘後，紀一被宣告死亡。由於自殺依法需接受調查，紀一的遺體也沒經過他父母的許可便被送去解剖驗屍，得到深夜才會被送回來。

在當地的警察局裡，我們向警察報上了紀一的名字與住址，並且告知他死前曾失蹤了三個禮拜，但對他的自殺原因並不清楚。之所以對那張黑色光碟的事三緘其口，一方面是因為也不知該怎麼向警方解釋，另一方面則是擔心如果向這個看來頗為遲鈍的條子全盤托出，到頭來也會被迫向紀一的父母解釋。

三十分鐘後做完筆錄，我們便去向送紀一到醫院的急救人員詢問當時的情況。根據一個遊民的證詞，紀一當時倚在河堤扶手上，拿手機一通接著一通打電話，最後就邊大聲嚷嚷著些什麼邊跳進了隅田川。他一越過扶手跳進河裡，便游離岸邊三十公尺。一旁的人原本以為他被這大熱天熱壞了腦袋，後來卻看到紀一在河中央回過頭來望向岸邊，接著便猛然把頭沉入了水裡。這下大家可嚇壞了，有的遊民連忙開始找起救生圈和繩索，有的更是縱身躍入河裡，但一直沒看到他浮出水面。直到十五分鐘後，他才被人用繩索給拖了上來。我們在他被拖上岸後十分鐘才趕到現場，看來阿照所接到的真的就是紀一生前打的最後一通電話。

當晚我獨自回到池袋。除了不想讓紀一的父母費神感謝我，水果行也得由我負責打烊。還真是漫長的一天呀。回到家時，老媽照例沒給我好臉色看，但她似乎也注意到我已是筋疲力竭，因此也沒多嘮叨。

由於前晚被那場黑色光碟的夢搞得幾乎整晚沒睡，我一躺到地鋪上就沉沉入夢。當晚我既沒夢到自殘表演、銀治的紋身，也沒夢到紀一那缺了左手掌的遺體。

唯一夢到的，是阿照眼中燃起的微微火光。一道火光即使再微弱，也能穿透黑暗讓人看見。這可不是什麼優雅的比喻，而是赤裸裸的事實。每個人發出的微弱火光，遲早都會讓其他人看見。

否則我哪有必要辛辛苦苦地說這麼多？

隔天早上市場公休，我得以悠悠哉哉地睡到自然醒。只要睡飽了，我的腦袋就會變得比較靈光。我以CD音響播放起最貼切不過的BGM——巴托克（Béla Bartók）的歌劇作品《藍鬍子公爵的城堡》（*Duke Bluebeard's Castle*）。理由想必你也知道吧。如果你不知道，容我引用第一頁的一段歌詞；看到滿是鐵鍊與劍、打上釘子的木樁，以及烤得燙紅的鐵棒房間，朱蒂絲‧佛利耶西（Judit Frigyesi）唱道：

你的城堡血跡滿布！你的城堡鮮血四濺！

Flesh & Blood。我以原子筆在傳真紙上寫下目前為止發生過的大小事，每個組織之間的利害關係，以及池袋地下組織之間的勢力均衡。該考慮的要素實在是多不勝數。

我全神貫注地連一滴汗也沒流，足足花了兩個小時釐清頭緒。之後一打開店門，我便飛也似的奔上街頭，再度召集了昨天的班底。

在全員到齊前，我在西口公園樹陰下的長椅上足足思考了三十分鐘，得到的結論是：這是日本整個國家的問題。昭告天候即將惡化的雲朵彷彿在天上沒被大樓遮掩的縫隙間賽跑，一朵接著一朵迅速地飄過天際。

銀治昨天曾說過即使那些自殘表演如此殘酷，在法律上還是不構成犯罪。歐美的snuff video總有加害者與被害者兩種角色，但那張日本的黑色光碟裡並沒有這種對立關係。躍上舞台的全都是志願參加演出的表演者；他們既是犧牲者，也是加害者。

想想這和每年都會爆發的賄賂醜聞還真有幾分相像，同樣都是個人自發性的犯罪，在一瞬間將其他人悉數轉化為觀眾。帶著無法再隱藏的祕密畏罪自殺的議員秘書、前途看好的公務員、鄉下的町長……這些既是犧牲者也是加害者的傢伙一旦死了，對周圍的體制並不會產生任何震撼。他們所造成的問題就這麼被貼上封印，世界也宛如什麼都沒發生過似的繼續運轉。

志願參加那種演出的紀一的確是個傻子。但難道只因不觸法，這個血腥的秀場就有資格繼續表演下去嗎？至少在看到紀一的遺體和那張黑色光碟後，我是不希望如此。

非得有人阻止這種表演不可。非得有人撕開那圓形劇場的封印不可。

我們依舊約在藝術劇場的露天咖啡座聚首。我們併了兩張圓桌，以因應這次聚會較為龐大的卡司：阿照與我、猴子與銀治，以及國王和他的兩位保鑣。少了一根筋的銀治，依然和昨天一樣搞不清楚狀況。不知是不是因為他過度密集的紋身導致皮膚呼吸困難，搞得連腦袋都缺氧了。

「真屌呀。這簡直就是池袋的高峰會議嘛！」

崇仔以冷冰冰的視線瞪著這個滿身刺青的小鬼。銀治似乎對我依然倍感親切，興高采烈地向我報告道：

「剛剛迫不及待地跑去買了這個。」

說完他便將一張黑色光碟扔向鋁製的圓桌上。這次的就是第六集了。崇仔說道：

「這就是你提到的砍人影片？」

我刻意朝崇仔露齒一笑：

「保證連你都會被嚇個半死。阿照，開始吧！」

阿照以兩倍速開始播放起這片ＤＶＤ。我則是別過頭去，眺望起耀眼陽光下的西口公園。情侶、鴿子、遊民，好一幅祥和景致。

第六集裡切除的部位是耳垂、中腳趾，以及左手掌。由於我只敢偶爾以餘光瞄一眼畫面，因此詳細情節並不是很清楚。而且第五集都已經看過了，這次我也不想再清楚描述。不過，最後紀一左手掌被鋸斷那段還是不得不看。影片中他以右手緊握左手腕，讓一台轉動的圓盤鋸切除了他的左手掌。

觀眾席上似乎響起一陣掌聲和歡呼。雖然聽不到聲音，還是可以看到大家全在拍手。這下我終於知道這次的對手是什麼人了。這些戴著墨鏡、個個看來身懷巨款的觀眾就是我們真正的敵人；光是讓

Flesh & Blood被查封還不夠，非得讓這些傢伙黑暗的一面見光不可。

完影片後，沒有一個人說得出半句玩笑話。就連平時碰到大風大浪都一臉冷靜的國王，這下表情也彷彿乾冰般僵硬。我說道：

「最後被鋸掉手掌的傢伙，就是昨天下午在隅田川投河自盡的淺沼紀一郎。表演後他收到了相應的酬勞，因此雖然已十分接近觸法，這些表演還是不構成犯罪。不過，即使撇開法律不談，我還是不能容忍這些傢伙繼續如此胡作非為下去。因此想找個辦法將他們給一網打盡。」

崇仔不愧是國王，只見他面帶一股高貴的漠然神情說道：

「我能理解你不欣賞這種東西。但這些傢伙不過是品味俗惡的有錢人罷了，而且我認為藉齷齪的手段賺錢的手法多不勝數，搞這種表演不過是其中之一。若真要我們組織幫忙，你得給我充分的理由，或者相應的利益。」

聽他這麼一說，我只能轉頭向坐在隔壁的猴子求救。

「我已經徵求過我們老大的許可了。如果你們能瓦解這家俱樂部，將北關東幫的勢力從池袋連根拔起，我們可以提供相應的酬勞。大家都說我是個老古板，反正我就是討厭這些變態！如果此舉能搗毀那些北部人某一個巢窟，對我們組織或池袋來說也不是件壞事。」

崇仔依舊一臉冰冷，但連拍了三次掌說道：

「你們這段雙簧唱得還真是精彩。那麼G少年就參加這次行動吧。說老實話，這些影片我看了也是恨得牙癢癢的。阿誠，還不快想個法子來整整這些傢伙？不過，想必你早已有點子了吧？」

「你怎麼知道？」

崇仔鼓動兩個腮幫子冷笑著回答：

「我哪可能看不出來？方才你在播放這片DVD時，口中不住喃喃自語說著：『別擔心，會成功的，別擔心。』看你這次還挺投入的嘛。」

原本不屑地望著我的猴子也說：

「我看只有你自己沒聽見吧。還不快把點子說出來？」

這下我也沒轍了，只得依序望向在場的每一個人後開口說道：

「我要去報名參加下一次的表演。」

「好耶！」

除了銀治發出這聲狀況外的歡呼外，剩下的五個人都滿臉驚訝看著我。

至今沒開過口的阿照，這下也抬起頭來說道：

「為了什麼？太危險了吧！」

我從冰塊全融化了的冰咖啡裡抽出吸管，猛然朝喉嚨裡灌下了大半杯。都得怪那片DVD看得我口乾舌燥。

「總得有人混進那圓形劇場，和那個姓春木的老闆碰個面。然後在下次舉辦表演時，暴露他們的一切罪行。要做到這些，必須有人滲透進那家俱樂部裡。這個任務，在座的人裡頭……」

我朝紋身滿布的傢伙笑了笑。

「只有銀治或我能勝任。大家都知道猴子的老大是誰，而國王得主導整場行動，又得指揮G少年突擊隊。阿照也得負責毀了這張黑色光碟。」

猴子從電腦裡退出DVD，接著把它翻了過來，端詳起如朦朧鏡子般的燒錄面。

「把它毀了？怎麼個毀法？」

我直視著阿照的眼睛說道：

「你是個處理非法軟體的天才Warezer對吧？我要你破解這片DVD裡的防盜拷程式。拷貝出影片內容，散布到全日本的伺服器上，讓池袋的Flesh & Blood變成日本最有名的SM俱樂部，最好讓警察和媒體都不得不注意到它的存在。」

看來大家的幹勁都來了。崇仔冷冷地笑著說道：

「有時我覺得自己當國王都當煩了，真想和你來個角色互換呢！」

我把剩下的咖啡一飲而盡後回道：

「崇仔呀，就怕你發現我幹的差事有多煩人，而且又多沒女人緣時，會活生生被嚇死喲！」

銀治這時擔憂地問道：

「阿誠先生是認真的嗎？總覺得難以置信。」

當然是認真的，我回答。我這角色真的不好幹，而且還得趕場演出。不過，我絕對不想扮演別人的角色。

對不對？想必你也是如此看待自己的人生吧？

接下來我們花了一個小時討論了所有細節。原本搞不大清楚狀況的阿照與銀治，這下對我們的全盤作戰計畫也愈來愈了解了。銀治甚至興奮地表示搞這個要比ＳＭ或紋身好玩多了。結束討論後，我拜託銀治用電腦連上了Ｆ＆Ｂ的地下網站，接著便掏出手機，按下了應徵最高金額模特兒的號碼。我把食指湊向唇前示意大家保持安靜，在座的每個人便都屏住呼吸看向我。

「Flesh & Blood，你好。」

只聽到一個毫無感情的男人聲音。

「我看到你們徵求模特兒的廣告。」

男人漠不關心地問道：

「你看過我們的ＤＶＤ了嗎？」

「有，看過第五和第六集。我向黑道借了高利貸，現在很缺錢。要是不乖乖把錢還清，別說是手掌，就連小命很可能都要沒了。」

這下男人終於開始有點熱心了。

「了解。那你就明天過來面試吧。下午一點到我們俱樂部來一趟。知道在哪裡吧？你叫什麼名字？假名也無所謂。」

我懶得另外想個名字。

「真島誠。」

「那就明天見了。」

接著他就掛斷了，結束了這場毫無餘韻的對話。猴子模仿著我的語氣嘲諷道：

「『我向黑道借了高利貸』？你還真會演戲呀！」

我向他問道：

「冰高組的旗下，也有傢伙在放這種害死人的高利貸吧？」

猴子不甘願地點點頭。

「那，得麻煩你幫個忙。」

最後大家彼此確認了今後的行動步驟，接著就解散了。一有活可幹，盛夏的熱氣就不再是種折磨了。在下午突然颳起的風從身後吹拂下，我回到了店裡接手照顧生意。

翌日，一陣暖暖的雨從天而降。我和銀治碰頭後，前往西池袋的住宅區。看到對面走來的人紛紛迴避，就覺得有這滿身刺青的傢伙走在身邊還真方便。

「那個姓春木的老闆是個什麼樣的傢伙？」

真不知道銀治到底有幾件背心可穿；他這天穿的是宛如乾涸血跡般的深紅色背心。

「看他把俱樂部的定位規畫得這麼完善，而且完全沒抄襲其他同業的點子，想必是個知識分子。感覺年紀應該超過四十五了，但我也不知道他的實際年齡。」

人群中偶爾會出現一些怪物，這傢伙應該也屬於這種無法理解的怪物之一吧。讓人憑自己的選擇上台表演自殘，這點子大概只有惡魔想得出來。

我們撐著傘，走向綠意盎然的住宅區。大家或許認為池袋是個住商兩用建築雜亂無章、四處林立的區域，但只要離車站遠一點，公園和樹木也是不少的。

「阿誠先生，就是這裡。」

銀治指著路邊一道三十公尺長的水泥矮牆說道。只見在將近三公尺高的柵欄後頭，坐落著一棟為林蔭綠樹所遮蔽的建築物。不鏽鋼的大門寬度足以容兩台大型汽車並行通過。門柱的門牌上只簡簡單單地印著F&B。想必路過的人絕對猜不出這裡究竟是公司、住宅，還是最近流行的隱蔽旅館吧。

可以看到裡頭的停車道上有一台車床。我在半圓形的磨砂玻璃窗台下，按下了對講機的按鈕。

「我姓真島，約好今天一點來面試。」

吩咐銀治在外頭等我後，只剩我獨自站在門外。感覺上似乎等了很久，但實際上大概也只有兩、三分鐘。正面的大門隨後打了開來，走出來的是個身穿黑色西裝的男人。

「請進。」

他就是昨天電話裡的那個男人。只見這傢伙一臉驚訝地端詳了我一會兒，接著便掉頭走回屋內，我也跟著他走了進去。裡頭的大廳十分寬敞，前方有道通向樓中樓的階梯，左右兩旁也各有一道，看似通往地下室。這個黑衣男人選擇了往下走的階梯。

走了六、七階，我們便來到一處位於兩層樓之間的大廳。廳內四角各設有一個台座，上頭裝飾著身材豐滿的無頭女體胸像，感覺頗為豪華。男人推開一道電影院裡那種鋪著柔軟墊子的門說道：

「你就是西一番街的阿誠吧？我們老闆在裡頭等你。」

我沒見過這個身穿黑色西裝的小鬼，但對方似乎知道我的真實身分。雖然感到背脊發涼，我還是裝出一副若無其事的表情進了門。

我得用力呼吸，否則感覺幾乎要窒息了。原來這扇門後頭就是黑色光碟裡的圓形劇場。這裡看似介於地下室與一樓之間，近天花板處繞著一圈採光窗，中央的透明圓筒也和影片裡沒兩樣。圓筒裡的地板鋪著白色瓷磚，中央有個很大的排水口。

一個坐在一張圓桌上、身材微胖的男人向我喊道：

「你就是真島誠嗎？過來吧！」

這時我才注意到不知藏在哪裡的喇叭正悄悄播放著潔西・諾曼（Jessye Norman）宛如黑絲絨般的女高音。走向他所在的圓桌時，我一路數著圓形劇場裡有幾道門。

室內生鏽的門有七道，一如巴托克的《藍鬍子公爵的城堡》裡所描述。這下我終於知道他點子是從哪兒來的了。我一走到他面前，他便要求道：

「挺起背脊，縮起下巴來瞧瞧。」

我辛苦地擺出他要求的姿勢。他滿足地說道：

「不錯嘛，真島先生看起來很健康呢！我們的表演裡最重要的就是主角。不管是想自殺的還是想變性的都沒關係，但主角的身體若缺乏生氣，看起來就很無趣了。我姓春木，是這家俱樂部的老闆。你也看過我們的DVD了吧？」

一看到我點頭，他便滿足地笑了起來。他頂著一頭半白的七三分髮型，雖然蓋著頭髮，但明顯看得出雙頰的肉要遠比下巴突出。總之這矮個子看來渾身都是脂肪。他穿著白色麻布襯衫和黑褲子，圓滾滾的腰圍看來像塞了氣球似的。

「既然如此，我就毋需再說明了。三天後的晚上，你將走進那個圓筒狀的舞台，以電子看板選擇切除的部位。我們會準備強力麻醉劑幫你止痛，並做好萬全的醫療措施，你大可不必擔心。」

說到這裡，春木露出了一個燦爛的笑容。

「談酬勞前，可以先讓我看看你的身體嗎？」

「得脫光嗎？」

春木高舉雙手，彷彿在指揮一個無形的交響樂團般低聲呢喃道：

「對，讓我在你身體有缺陷前先看看。」

我只得脫掉寬鬆的牛仔褲、同樣寬鬆的保齡球衫，最後連T恤都脫掉，渾身只剩一件四角內褲站在春木面前。

「你這是每天從事肉體勞動的年輕男性身材。轉過來讓我瞧瞧。」

雖然有點不甘情願，我還是轉身背向了他。這下春木站起了身，朝我背後走了過來。他的指尖從我的肩膀、腰側，一路滑到了大腿內側，檢視著我皮膚與肌肉的鬆緊度。

「果然不錯。好，可以了。真島先生，把衣服穿上，坐下來聊吧！」

在我穿衣服那段時間裡，他始終一臉微笑地打量著我。一等我在他面前就坐，他便開口說道：

「你讓我十分滿意。雖然這份差事只需十五分鐘就解決了，但我願意支付你三百五十萬圓現金當作酬勞。這是目前為止的最高金額。也許你會怪我多管閒事，但你能否告訴我為什麼這麼缺錢？我們經理以前似乎認識你，對你的動機有點懷疑。」

他指的就是剛才那個身穿黑色西裝的小鬼吧。我從牛仔褲口袋裡掏出了幾封高利貸的催款信。收信人是我，金主則是冰高組旗下的地下錢莊「滿天貸款」。幸好事先準備了這偽證。春木開始在這些文件上確認起一些零零星星借的小錢，如何像變魔術般在轉眼間滾成了鉅款。我不耐煩地說道：

「插翅也逃不了。我家就在西一番街開店，家裡還有個老媽。這家店就是我們唯一的命脈。因此我想趁這次把這筆債一筆勾消。實在是被這些傢伙逼得太急，腦袋都快讓他們給逼瘋了！」

我仔細端詳起春木這張臉，注意到他的雙眼看起來活像魚眼，雖然溼潤有神，眼神裡卻不帶一絲感情。春木說道：

「若是你臨陣脫逃，表演就得開天窗了，所以我得先確認一下你從現在到表演當天會待在哪些地方。」

春木從口袋裡掏出手機，從顏色昏暗的圓桌另一頭朝我推了過來。

「給我隨身帶著它。裡頭的GPS能隨時偵測到你的所在位置。那就三天後的中午再過來一趟吧，屆時務必為我們做一場精彩的演出。」

看來我已經通過了這個矮胖藍鬍子的面試。步出房間時，聽到潔西的歌聲從第六扇門傳出，曲名是〈眼淚之湖〉。走回大廳前，我一路猜想著紀一的父母究竟流了多少淚。

身穿黑衣的小鬼就站在黑色大門口。這一頭黑髮、下顎還蓄著些許鬍子的傢伙兩手抱胸向我說道：

「你就是和G少年同一掛的萬能幫手阿誠吧？我到兩年前為止也在街頭混，常聽人提起你。大家都說你是個冰雪聰明的傢伙。」

我聳聳肩回道：

「你也想看看高利貸的催款信嗎？你的名字是？」

這傢伙搖搖頭，為我推開了大門。

「遠藤浩章。喂，阿誠，可別搞什麼飛機喲，我們可是有連高利貸都會聞風喪膽的人在後頭撐腰。聽到了沒有？」

我點個頭走出了大門。難道不管到哪裡，我都註定要受這種蠢貨威脅？

一步出這家俱樂部，銀治便趕過來為我撐傘。看來雖然已經變成毛毛雨，這場雨還是沒停。帶股溼氣的風，讓我想起了春木的指尖。

「情況如何？」

「還算順利。春木對我很滿意，但他們經理認為我很可疑。預定在三天後就登台，拜託你也多幫點忙。」

銀治拍拍胸脯上的骷髏紋身說道：

「包在我身上。我會好好幹的！」

「一切拜託了。」

我回道。要是這傢伙穿幫了，很可能得代替我被送進那透明圓筒。雖然由銀治來扮演這種角色，其實是再適合不過。

接下來我靜靜地度過了兩天冷夏。這兩天我都在店裡照顧生意，不過偶爾有人會來報告作戰的進度。雖然一想到自己得走進那圓筒裡就一陣嘔心，但我並沒有讓任何人察覺這股恐懼。

在表演開始的前一天，我接到了阿照打來的電話，約我再到露天咖啡碰一次頭。中午過後，我一踏上藝術劇場遼闊的露台，便看到坐在一張圓桌上的阿照向我招手。走近一看，我不禁嚇了一大跳。只見他的臉頰削瘦下去，整張臉都緊繃了起來，相貌變得非常精悍；看來這個窩囊廢已經燃起鬥志了。我問道：

「你還好吧？」

阿照的雙眼雖然通紅，卻散發著強烈的光芒。

「雖然整整兩天沒睡，但我已經把ＤＶＤ的防盜拷程式給破解了。」

只見阿照驕傲地凝視著圓桌中央那台以PHS連接上網的筆記型電腦。

「現在我就要將這張黑色光碟的內容散布到網路上，保證會很精彩，因此希望能讓阿誠先生瞧瞧。」

說完他便把電腦螢幕轉向我。畫面上排列著一長串標題：「震撼木瓜秀！無修正版地下影片」、「池袋某會員制ＳＭ俱樂部祕密演出」等等。看到我一臉驚訝，阿照解釋道：

「標題聽起來得夠蠢、夠色，上網的人才容易上鉤。」

我環視起玻璃天花板下這片挑高驚人的遼闊空間，周遭到處是走動的行人。我倒是好奇為什麼比起這些影片悲慘的內容，我更怕讓其他人看到這些色瞇瞇的標題？

「在網路上散布這類東西，不會被追蹤到是從哪兒發出來的？」

阿照爽快地回答：

「嗯，沒錯。如果利用自己家裡的電腦上網，不管經由哪個國家的伺服器，最近大都查得出來。因此我才拜託你來這兒一趟。阿誠先生知道什麼是hot spot嗎？」

沒聽過，我搖著頭回答。

「這附近有個無線LAN的基地台，因此只要在這附近任何地方都能自由地連上網路。hot spot的好處，就是讓使用者在裡頭得以保有匿名性。一來，這台PHS是猴子先生替我們準備的可拋式；二來，請你看看電腦……」

我打量起這台電腦的鎂合金外殼。雖然筆記型電腦每台都長得大同小異，但這台我可是終生難忘——我在第一晚就是在它上頭看完那張黑色光碟的。阿照朝我點頭說道：

「這次作戰是為了祭弔紀一在天之靈，所以咱們就從他的電腦發動攻擊吧。要開始囉！」

阿照以右手食指按下了滑鼠。數位攻擊的一擊竟是如此靜得嚇人。

「還得等一陣子，咱們先來看些圖片好了。」

說完，阿照便從登山包裡取出另一台筆記型電腦。他打開了一連串靜止的圖像檔讓我瞧瞧。出現在螢幕上的是內側血跡滿布的透明圓筒，畫面下方有幾個鮮紅色的斗大文字：池袋F&B。接下來的就是那家俱樂部的電話號碼。

「我從影片裡抽取出這些畫面，並打上形形色色的標題。不過，為了讓大家一眼看出這些圖檔並非合成，而是真實照片，我刻意放進一張殘酷的畫面。昨天我已經在許多留言板上宣布，將在今天下午發表一些極為殘酷的圖片。想必大家很快就會上來瞧瞧了。」

紀一電腦裡圖檔清單的符號一個接一個亮了起來。阿照興奮地說道：

「我事先排好了順序，好將圖像依序送出。直到電池耗盡為止，就讓它在這裡盡情做展示吧。這麼震撼的圖檔，今天應該就會被大家轉發好幾萬次，散布到全日本才是。」

我凝視著阿照的臉龐，他則是一臉訝異地回望著我。

「你還真有本事嘛！」

他害臊地笑著回道：

「這方面是我的專長嘛。這點伎倆每個Warezer都會，沒什麼大不了啦！」

看來我該對這窩囊廢刮目相看了。

就當是散步吧，我送阿照走回紀一的公寓。一方面是天氣好，加上在如此閒晃時想到那影片正被全國網友轉發，就高興得難以自已。但當我走到不見幾個行人的西池袋住宅區時，突然有人從背後叫住我：

「阿誠，給我站住！」

是那個劇場經理的聲音。我一回頭，就看到兩個男人站在我背後。他們身穿黑色運動裝、手持看似警棒的物體。浩章面帶笑意地說道：

「你們剛才在咖啡廳裡玩得很盡興吧？你這傢伙！我就知道你一定在打什麼歪主意！」

我無法把視線從他手上的黑色棒子上移開。只聽到他高興地說道：

「想知道這是什麼嗎？這傢伙是家畜用的電擊棒。牛被它碰到只會哀號逃竄，但人要是被它給碰上，可就要流著口水昏死過去了。」

看來我有充分的機會逃脫。浩章這下過度相信局勢對自己有利，已經開始得意忘形了。

「我們老闆也真是的，看來他對你的身體實在太滿意了，還私下在標的看板上動了些手腳。他大概是想創造一塑獨臂的大衛像吧，到時候你可能要被砍掉整條胳臂呢。喂，小鬼，把那些電腦交給我！」

我們身處一條有著矮木樹牆的小巷中。十公尺前就是一條左右皆通的小路。我掩著嘴向阿照悄聲說道：

「我一說跑，你就趕快跑！一到巷口咱們就往不同的方向逃。」

阿照聽了拚命點頭。

「跑！」

在開口大喊的同時，我自己也開始全速疾馳，一口氣便跑完了這十公尺。

在矮樹牆的角落一轉彎，我馬上停下腳步蹲了下來。想必這兩個傢伙一心認為我想逃離現場，絕對沒料到我竟然會來這麼一招。

晚幾步跑了過來的浩章被我一絆，整個人往前飛了出去。我趕緊抓住機會朝他背後撲過去。整個人壓得他動彈不得。被我貼得這麼緊，讓他有恃無恐的電擊棒這下也不管用了。這時我使勁用額頭撞向他散發著潤髮劑香味的後腦勺，撞了三次便感覺到他渾身已使不上力了。

我搶下電擊棒站了起來。這下得趕快去救阿照。我一準備邁步向前衝，就看到崇仔站在矮樹牆邊，滿臉笑容地朝我拍手。

「阿誠，看來你身手還沒荒廢嘛。」

朝小巷看去，另一個穿著黑色運動裝的傢伙已經被G少年們雙手貼背地制伏了。阿照則是將裝有兩台電腦的登山包抱在胸前直打哆嗦。我向池袋的國王說道：

「要跟蹤我也早點說嘛。剛才真是千鈞一髮呀。」

崇仔安然回道：

「是嗎？我看你倒是處之泰然呢。這個姓遠藤的我以前見過。記得他曾是哪個幫派的第二號人物，沒當上老大後就沒在池袋混了。阿誠，這兩個傢伙要怎麼處理？」

賓士RV靜靜地駛進了這條小巷。我回道：

「在表演結束前，先把他們給關起來吧。畢竟這剩下的一天很重要。」

接著我們就當場解散。整個過程似乎不超過五分鐘。阿照雖仍顫抖不已，但也表示回紀一公寓將電池充電後，今天剩下來的時間還要回hot spot繼續散布黑色光碟的內容。

這下大家都能免費觀賞到要價六萬五千圓的影片。這時代果然美好。

表演當天是個風和日麗的大晴天，宛如礦物質般蔚藍的萬里晴空飄著朵朵雨雲。我一如往常地開了店門，告訴老媽今天會很晚回家後，便走上街頭，經過了西口公園朝西池袋走去。

F&B就位在自由學園後方。想想還真是驚人，就在我家水果行附近，竟然已經上演了半年如此殘酷的表演。看來阿照說的果真沒錯，東京的確是個恐怖的地方。不過對在這一帶長大的我來說，也算不上有多恐怖就是了。

又一個全身黑衣的男子引領我走進大門，直接把我帶進了圓形劇場。在這間拷問室裡，人們正在春木的指揮下為布景做最後的妝點，以因應今晚的表演。只見許多工作人員正忙著架設燈光、布置座席。

一看到我，春木便一臉微笑地點頭打聲招呼：

「今晚就拜託你了。」

我也默默點個頭回禮，接著便在黑衣男子的帶領下走向了後台化妝室。

化妝室內有面全是鏡面的牆，也擺著幾張桌椅，另一頭則是置物櫃與一片鋪著榻榻米的空間。我以手機依序向大家做最後的確認。這下覺得自己還真像被吞進了一條大魚的肚子裡，完全鎮靜不下來。

確認一切順利後，我在榻榻米上躺了下來。這下已經沒什麼好安排的了。

房內有一台十四吋的電視機，但我完全沒心情打開來看。最後我掏出從家裡帶來的口袋書，開始讀了起來。

當晚我可能就要失去整條左手，因此完全沒心情閱讀任何殘酷或悲慘的故事。我帶來的是司湯達（Stendhal）的《巴馬修道院》（*The Charterhouse of Parma*）。容我為各位介紹書中的登場人物：香榭貝力納公爵夫人、莫斯卡伯爵、蘭多里安尼大主教、克雷森丁侯爵。置身這些優雅貴族之間的主角法布里斯，死命堅持自己「對幸福的追求」。故事舞台不是優美寧靜的瑞士湖畔，就是義大利的修道院。

要忘卻那摩登的血淋淋圓筒，最好的方法就是讀小說。上集才看到一半，我幾乎要忘了自己正置身何處。一本好書擁有載著讀者飛往其他世界的翅膀，是老天送給幸福的少數人的禮物。

由於過度著迷於法布里斯的愛情故事，我起初完全沒注意到有人在敲門。雖然明亮的日光燈教人看不出現在時間，但屋外的天色已經開始暗了。我坐起上半身，朝門外喊道：

「請進。」

一個身穿燕尾服的男人走了進來，臉上戴著黑色光碟裡出現過的墨鏡，後頭則跟著一個畢恭畢敬、托著一只金屬托盤的黑衣男子。面戴墨鏡的傢伙開口說道：

「我是醫生。雖然還沒輪到你出場，但我得先幫你打鎮靜劑和做局部麻醉。否則突然被切除身體部位，有可能會引起休克死。」

這傢伙似乎很喜歡「休克死」這個字眼。只見他神情鬆懈下來，拿起了托盤上的針筒，在我左肩和腰際各打了一大針。即使如今一切太平，每次憶起那支針筒，我渾身還是會起雞皮疙瘩。

打完針後，我便沒辦法再專心讀司湯達了。從左肩開始蔓延的麻痺，讓我漸漸失去了存在感。眼睜睜看著自己的胳臂失去感覺，實在是一種無以名狀的恐怖。

接下來我隻身在化妝室裡度過了剩餘的時間。雖然打從心底開始後悔起自己自告奮勇，但我每次的後悔都來得太慢了。下次非得更小心點才行；尤其是得挨針頭的差事絕對不能再接。在我滿身大汗、渾身顫抖時，再度傳來一陣敲門聲。這下我可開始不耐煩了。

「請進！」

這次進門的是個穿著黑色皮褲、手提工具箱的女人。她朝我扔來一件橡膠短褲說道：

「換上它。」

「在這裡換？現在就換？」

這女人看也沒看我一眼地打開了工具箱，取出一支刷子和一瓶白色顏料。看來是要將我渾身塗成白色。我只好死了心，以右手把自己脫個精光，套上了異常難穿的橡膠短褲。這下她又攤開一塊布站上去說道：

「噢，身材還不賴嘛。過來，轉身背對著我。」

白色顏料冰冷得嚇人，一塗到身上便在轉瞬間吸走了我肌膚上的體溫。

過沒多久聽到的就是第三度的敲門聲了。這次開門的是兩個黑衣小鬼，他們一同朝門裡探進頭來說道：

「該你上場了！」

我在他們的攙扶下踱下樓梯，光著身子走在呈圓弧形的走道上，觀眾的鼓譟這時從厚厚的水泥牆後頭傳來。最後我來到了一道門前，這道生鏽的鐵門，就是藍鬍子公爵城堡的第一道門。

待門緩緩打開，周遭隨之響起一陣歡呼。燈光照亮了圓形劇場，更有一道聚光燈直接打在我身上，刺眼得讓我幾乎失明。這下我只得搖搖晃晃地踏上兩側滿是燈泡的走道，走向中央的透明圓筒。眼睛稍微習慣場內的亮度後，我發現觀眾席裡坐滿了中年以上的男人和年輕女人。我緩緩環視起三百六十度都映照在紅色燈光下的地板。

這時我發現銀治就坐在左側斜前方的座位上，簡直像看到了老朋友似的。他身穿黑色燕尾服和白襯衫，身旁坐著一位身穿深藍晚禮服的美女。我以視線和他打了個招呼。

「進去！」

舞台上的圓筒有一部分往一旁滑了開來，我便踏進了圓筒中。光看影片絕對不會知道表演者是怎麼走進來的。地上的燈光將透明圓柱裡烘烤得宛如夏天的沙灘般炙熱，裡頭還瀰漫著一股濃得嚇人的鮮血味。

我的右手被塞進了一只遙控器，同時一片圓形電子看板也被推上了走道，等著我來啟動。觀眾的視線全集中到了我身上。這些感覺敏銳、品味高雅的客人，個個都興味盎然地期待著又一個人被切除身體的某一部分。

一按下開關，LED燈泡便隨之輪流亮起，接著我又按下一次開關，好讓它們停下來。我根本沒必要挑時間按鈕，反正早被動了手腳。繞著圓圈亮起的LED燈泡一次又一次繞過耳朵、鼻子、右手、左手、右腳、左腳，接著漸漸放慢速度，最後果然停在左手的區塊。

一台載著電鋸的推車被推進了圓筒裡。我這原本只曉得顫抖的身體，這下可開始猛冒起汗來了。行刑者一啟動電鋸開關，便踏出了圓筒。這下周遭的鮮血味和電鋸的噪音完全混成了一團。

不管打什麼工，情況都絕不可能比這更糟。

這時我走向推車，拔掉了電鋸的插頭。觀眾席上這些優雅的變態們馬上開始鼓譟起來。站在少了噪音的圓筒中的我，從橡膠短褲裡掏出了手機。一翻開手機，我便高高舉起右手，好讓大家看個清楚。自己彷彿成了新手機的廣告模特兒似的。我壓低聲音說道：

「上次的表演裡，有個小鬼被切除了手掌。他的名字是淺沼紀一郎。很遺憾，他已經自殺了，不過他要我向這家俱樂部裡的各位問好。」

我這透過麥克風傳出的聲音彷彿連地板都能滲透，讓圓形劇場裡的時間停了下來。我可是個貨真價實的show stopper呢！我繼續說道：

「相信各位也有家人、朋友，或是要好的客戶什麼的吧？這麼美好的嗜好，應該也讓他們見識見識才對呀。接下來我將要報警，各位一個都別想逃出去。既然你們的行為完全不構成犯罪，那就請大家在這裡繼續品嘗雞尾酒，慢慢等條子來吧！」

頓時現場觀眾們彷彿成了融化的泥漿般，在慌亂中紛紛朝周遭的七扇門移動。我右手依舊高舉，以指尖按下了池袋警察署的號碼。其實我這下毋需向電話那頭說半句話，因為早就有人幫我報警了。

現場所有門在接下來的瞬間全都打了開來，但觀眾卻一個也出不去；因為每一道生鏽的鐵門都湧入了大批以藍色頭巾蒙面的街頭幫派分子。

一個站在走道上的行刑人試圖將我拉出圓筒，但他還沒碰到我，便彷彿被關掉開關般當場倒地不起。銀治揮舞著那支家畜用的電擊棒對我笑著說道：

「總算找到機會試試這傢伙的威力了。」

崇仔在保鑣護衛下，沿走道走了過來。

「這裡的戒備一點也不森嚴嘛。擋在門外的只有五、六個打著領帶的小混混而已。阿誠，你還好吧？」

我跪倒在透明圓筒裡，也分不清周遭是冷還是熱，只一味打著哆嗦。左手依舊沒半點知覺，就連自己摸到時，都覺得彷彿摸的是別人的手。

銀治以手機的CCD拍下了我當時的醜態。這傢伙在今晚的表演時，錄下好幾段影片檔傳給了在露天咖啡廳靜候的阿照。藝術劇場一帶就是他所謂的hot spot，因此身處其中阿照得以安全地逐一將這些影像檔散布到網路上。

這麼說來，全國都看到了我像個前衛舞蹈家般赤身裸體、塗成一身白的糗樣。雖然有點丟臉，但相信丟臉的程度絕對遠遜於這些戴著墨鏡的觀眾受到的衝擊；這點只要看看圓形劇場裡有多少男女聲嘶力竭地嚎啕大哭就知道了。

十五分鐘後，池袋警察署的警察終於趕來，現場頓時陷入了一片大混亂。

相信刑警們這下也是丈二金剛摸不著頭腦吧；俱樂部抗議遭非法侵入，G少年們則聲明是來營救我的，而我則解釋自己差點被鋸掉左手。

至於哪一方的證言最有效？當然是我的囉。只要看看我光著身子倒在電鋸轟轟作響的圓筒裡就不必再解釋了。雖然這次電鋸的開關，其實是我自己開的。

即使條子們再遲鈍，只要走進那圓筒裡時嗅到鮮血味，再看到那把身經百戰的電鋸，應該就不難想像這裡曾發生過什麼事吧。原來這和現代歌劇一樣，一切都靠演技取勝。

經過這陣騷動後，我被帶到了警察局。崇仔早已趁著混亂遁逃，但幾名G少年和F&B的員工也被帶了過來。所有觀眾都當場獲釋，但每個人都被記錄下了身分，將於日後分別接受調查。想到他們個個戰戰兢兢地等著約談通知的模樣，實在讓人再痛快不過。

另一方面，阿照散布的影片在網路上則掀起了一股強烈的電磁風暴。好幾百萬人點選了這些檔案，搞得好一段時間各處的伺服器都發生連環當機，造成半個關東地區網路不通。

畢竟這次的事件敏感，因此報紙和新聞都沒做太大篇幅的報導。不過週刊和體育娛樂報可就正好相反了，這些媒體開始連載本案相關的追蹤報導，下的標題更是一期比一期聳動。在他們筆下，我成了無知的犧牲者A，整個夏天接受了好幾場採訪。要是我的專欄能有這十分之一的反響就好了。

經過這次衝擊，池袋首屈一指的SM俱樂部F&B到頭來當然被迫關門大吉。畢竟事情搞得這麼大，再黑暗嗜血的客人這下也不敢上門了。看到週刊記者排班守在俱樂部門外的車，想必沒人有膽在眾目睽睽之下安然欣賞自殘表演吧。

原本是個寧靜住宅區的西池袋，這下也變得鬧哄哄的。

至於事件發生後旋即銷聲匿跡的老闆春木，倒是聽到一則關於他的駭人消息。他在事發後躲到群馬縣避風頭，有天被人發現他被綁在樹幹上的屍體，脖子從左耳根到右耳根被劃了一刀，死因是失血過多。凶手到目前尚未伏法，相信永遠都逮不到吧。這一定是哪個組織為了滅口，而雇用職業殺手所幹的勾當。相信凶手也早已不在國內了。

不知脖子被劃了一刀時，他是否也以那對矇矓的雙眼，靜靜欣賞自己流下的鮮血？當時的景象還真是難以想像。更古怪的是，明明一個禮拜前才看過他，現在卻已經想不起他的長相了。

唯一記得的，只有他那魚眼般的雙眼和柔軟溼潤的指尖。

一切塵埃落定後，崇仔與猴子照例在Rasta Love碰頭。看到崇仔身處玻璃帷幕的VIP室，真讓人覺得沒有一個男人比他更適合坐在絲絨沙發上。他開口調侃道：

「你一身白的扮相實在精彩。就算給我再多錢，我也不會答應扮成那副模樣。」

聽說冰高組支付了G少年一筆相當可觀的酬勞，至於正確金額則無從得知，而且我還是不要知道比較好。崇仔笑著問道：

「你這次同樣沒收半毛錢嗎？」

我點頭回答，接著再度斟了杯這家俱樂部最昂貴的酒。

「只要今晚請我吃頓飯就夠啦，如果能有美人相陪就更理想了。」

猴子戳了戳我的側腹說道：

「這你就該找銀治了。」

原本縮在桌子一角的銀治，這下兩眼發光地說：

「還記得上次在F&B時，坐在我旁邊的馬子嗎？」

我點點頭。記得那是個身穿深藍晚禮服、裝扮活像《駭客任務》女主角的大美女。

「那馬子說她對阿誠先生一見鍾情呢。而且一聽到你和我一樣喜歡ＳＭ，馬上求我幫她介紹。下次我們要搞派對，請你務必來露個臉。」

看來銀治還是以為我倆是同類。崇仔和猴子都滿臉微笑地看著我。雖然覺得能和那麼屌的馬子交往，或許稍微學點ＳＭ花招也值得，但我卻給了個違背心意的回答：

「抱歉。我想找一個嗜好比ＳＭ更激烈的特定對象。」

銀治聽了一臉遺憾地說道：

「真可惜呀。如果咱們能聯手，想必所有ＳＭ俱樂部的女人全都任我們挑呢！」

不過我一說完這句話，馬上又和他交換了手機號碼。

畢竟誰都有可能回心轉意嘛。何況我還這麼年輕。

最後，來交代一下阿照的情況吧。

那場表演後的一個星期裡，他每天從早到晚都在東京市內觀光。不過，說穿了大多也只是在秋葉原或新宿的大型家電賣場流連。他買了三百張一張一百圓的台灣製ＤＶＤ-Ｒ，還專程為盜拷ＤＶＤ選購了一台二手電腦。由於到頭來行李實在太多，在他出發回山形那天早上，我也到東京車站送他一程。

我們並肩坐在東京車站的月台上喝起了罐裝咖啡。在月台的遮雨棚前方，可以看到夏日晴空映照在磨得閃閃發亮的鐵軌上頭。幾陣都心的乾燥微風從月台柱子之間吹拂而過。阿照以微弱的嗓音說道：

「這次實在很感激你。」

這聲道謝完全不需要回禮。我又啜飲了一口冰冷的咖啡。

「在隅田川那天，要不是阿誠先生把我留住，我可能當場就逃之夭夭了。非但不可能為紀一報成這個仇，後半輩子也還是只懂得一味逃避吧。現在，我覺得自己真是太幸運了。」

阿照直視著我的雙眼繼續說道：

「雖然現在我依然一窮二白，也沒固定工作，前途依舊是一片茫然。但回去後我終於可以抬頭挺胸地告訴大家，我這次靠自己的力量站起來了。從今以後，我已經有資格當個堂堂正正的窩囊廢了。」

這還用說嗎？窩囊廢畢竟也是有手有腳，該拚的時候還是能奮力一搏。我向他問道：

「憑你這個DOWNLOSER的技術，在東京要找份電腦相關的工作根本是輕而易舉。難道你不打算留在這裡找機會嗎？」

阿照羞怯地點頭回答：

「嗯。雖然沒說過山形的好話，但畢竟關心我的親朋好友全在那裡。儘管經濟凋敝，也沒任何就業機會，我還是要回去。以前對家鄉完全沒好感，來到東京後我才發現，其實我最愛的還是山形。沒有嘈雜的人潮，也沒有吵雜的車聲，處處是盎然綠意，還有許多昆蟲，即使再不景氣，我還是喜歡那裡的一切。」

這和我深愛著池袋是同樣的道理吧。每個人在來到人世的瞬間，只要吸進了那片土地的空氣，就會一輩子留在自己的肺裡。阿照笑著說道：

「看來我這輩子都會活在鄉下，每天看著同樣的臉孔，在那裡結婚，也在那裡終老吧。阿誠先生，要是哪天到山形來，務必來找我我帶你四處逛逛。那裡不像池袋，一個小時就能逛完了。接下來，我們多的是時間暢談這次的行動。」

以上就是一段原本一無是處的小鬼，如何成為一個貨真價實的窩囊廢的過程。也是一則不管聽了幾次，都依然教人感到新鮮的冷夏冒險故事。

新幹線一駛進月台，帶股油味的風便吹亂了我們的頭髮。我從長椅上站起身來，朝阿照伸出了右手，他那瘦小的手也握進了我的手裡。

「暢談這次的行動？這主意倒是不錯。哪天我一定會過去拜訪你的。保重了。」

我面帶笑容，朝這個在短短十天裡蛻變成一個男子漢的窩囊廢點點頭。走下月台時，我一次也沒回頭，畢竟根本沒必要說再見。

走在山手線的月台上時，我開始做起一場白日夢，開始幻想起哪年夏天到山形拜訪他時，會是個什麼樣的光景。或許我們將在嘈雜的蟬鳴中，一起追憶這場行動吧。如果能有朵朵白雲飄過天際，再加上一條小河的潺潺流水聲，那就再好不過了。

畢竟，這將會是最適合我和阿照這種窩囊廢的景致。

石田衣良系列 5

電子之星：池袋西口公園 4
電子の星 池袋ウエストゲートパーク4

作者 石田衣良（Ishida Ira）
譯者 劉名揚
總編輯 陳郁馨
主編 張立雯
協力編輯 鄭功杰
封面設計 白日設計
排版 極翔企業有限公司

社長 郭重興
發行人兼出版總監 曾大福
出版 木馬文化事業股份有限公司
發行 遠足文化事業股份有限公司
地址 231新北市新店區民權路108之4號8樓
電話 02-2218-1417 傳真 02-8667-1891
email: service@bookrep.com.tw
郵撥帳號 19588272 木馬文化事業股份有限公司
客服專線 0800221029
法律顧問 華洋國際專利商標事務所 蘇文生 律師
印刷 成陽印刷股份有限公司
二版1刷 2016年7月
定價 新台幣260元

ISBN 978-986-359-268-6

國家圖書館出版品預行編目(CIP)資料

電子之星：池袋西口公園. 4 / 石田衣良著；劉名揚譯. -- 二版. -- 新北市：木馬文化出版：遠足文化發行, 2016.07
面； 公分. --（石田衣良系列；5）
譯自：電子の星：池袋ウエストゲートパーク. 4
ISBN 978-986-359-268-6（平裝）

861.57 105010821